死ぬときは死ぬがよろしく候

田中秋陽子
Tanaka Akihiko

たま出版

沖縄の海と教会　油彩　F10号　2009年
▶沖縄の海を描きたかった

陽を浴びる城門　油彩　P10 号　1990 年
▶油彩画を 20 年ぶりに描いた

ローテンブルクの塔　油彩　P10号　1994年

▶積石のマチエールに腐心した

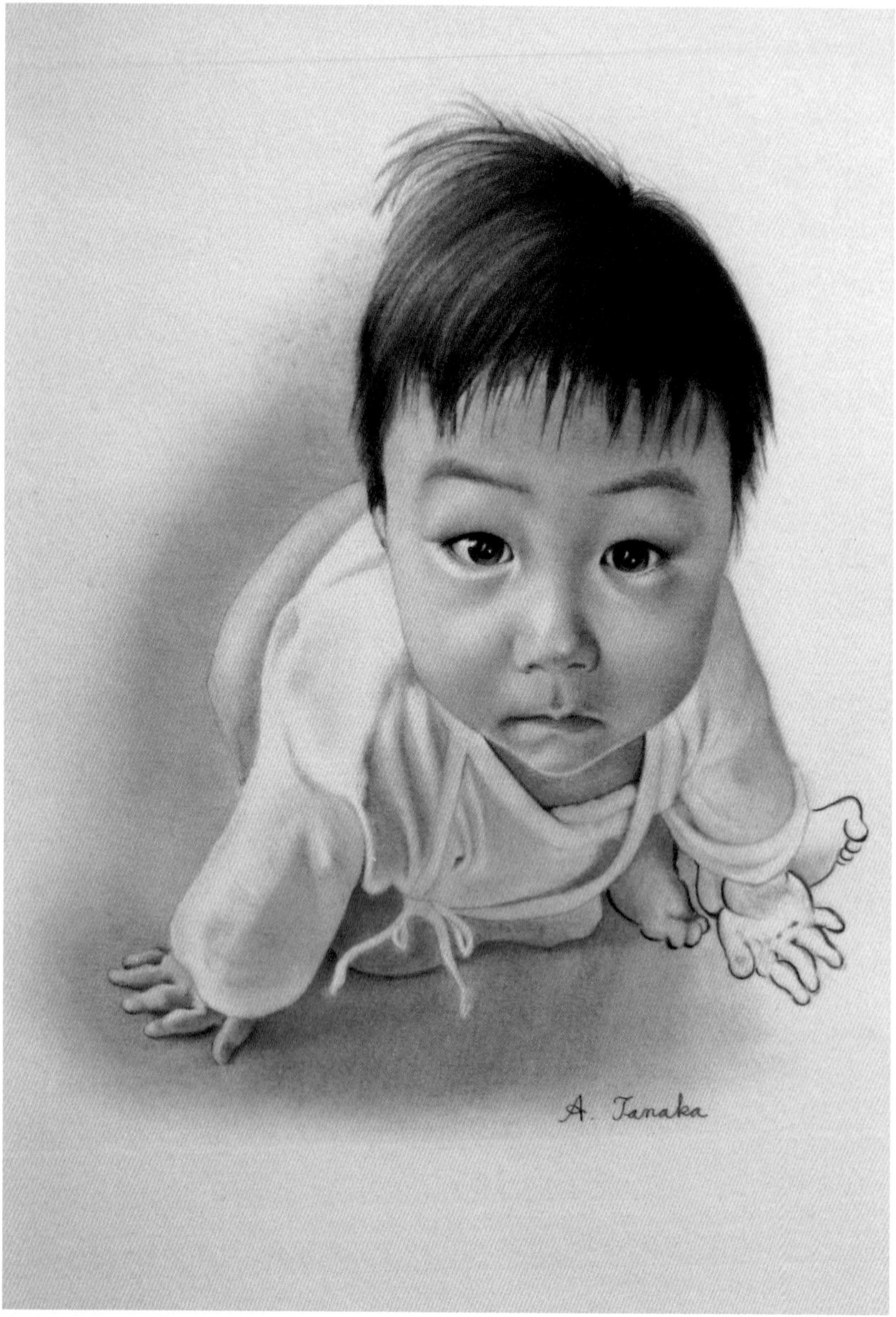

息子の肖像　鉛筆　原寸　1988 年
▶消しゴムを使わないデッサンは一発勝負だ

娘の肖像　油彩　F10号　1998年
▶光源を原則とは逆に背中側に取った

ベルンの時計塔　油彩　P10 号　2002 年
▶フランドル第 1 の技法で描いた

病むときは、病むがよろしく候
死ぬときは、死ぬがよろしく候

すべての思い、悩み、心のわずらいをうち捨てて、この場で死んでみよ！
一度死ねば、もう死ぬことはないぞ。安心して、本当に死ぬ時まで、懸命に生きよ
死ぬ気になれば、何でもできる。死ぬヒマがあったら、死ぬ気で考えて、死ぬ気で行動せよ
人生は真摯《しんし》に、本当に生きるには短かすぎる。死んでいるヒマなどないのだぞ、小僧ども

――禅僧、白隠慧鶴《はくいんえかく》の言葉

「ボタン雪によせて」によせて

ずいぶん前、学生の頃、自分のなかで大発見をしたことがある。世間ではすでに知られていたことであろうが、自分にとっての大発見である。

フロイトが登場し、深層心理学が日の目をみる以前、「二重人格」という小説のなかで、ドストエフスキーは、現在の精神病理学でも解明や治療が困難な「多重人格症」（解離性同一性障害）を、ゴリャートキンという一人の男を通して、その症状の原因となった発端から、進行していく過程、結末までを精緻に描写しきっていた。

また、「地下生活者の手記」では、架空の人物の口を借り、「過剰な意識」どころか「意識そのもの」をもつことがすでに病気であるといわせている。キルケゴールの「あれか、これか、忘我の演説」を彷彿《ほうふつ》とさせるイロニーにあふれた語り口のなかに、心と精神の葛藤が描かれている。

人間の思春期における「自我の目覚め」は、人間の精神を育成するためになくてはならない変化である。「自我」は、子どものころの漠然とした自己意識から始まるが、自分自身を周囲のものの認識の中心に置き、人間の精神性を高めるために必須の「道具」ともいうべきものである。人間は、彼我《ひが》、つまり自我と他我の関係の中で自己を確立し、成長させていく。

「精神とは何か。精神とは一つの関係。関係に関係するところの関係である」

これはキルケゴールの言葉であるが、精神が獲得する自我という道具は、他者との関係のなかで自己の精神を明晰判明《めいせきはんめい》なものとして認識させ、精神そのものを成長させていくのである。

確かに、意識が必要以上に高められた場合には、いわゆる自意識過剰により身動きのとれない自縄《じじょう》自縛《じばく》の状況を引き起こす。また、完璧さを必要以上に求めようとする意識、いわゆる完全主義は、地上生活では得られない完全性に挑む者たちを容赦なく絶望の奈落に突き落とす。

自我の使い方を誤ると、人間の精神状態にさまざまな弊害を与える。自我という「道具」は適切に使用する必要がある。人間は、自我の目覚めとともに、自我という「道具」を適切に使用し、健全な精神の発達を最大限に図るべきである。そして、その高みに到達したなら、今度は自我という道具を捨てるべきなのである。自我が育み、成長の頂点に達した「精神」に自己を任せ、精神の発達になくてはならなかった自我という道具を、使用済みの廃棄物として消滅させていくことが必要である。各人にとっての最高の高みに到達した精神に対して、自我がそれ以上貢献する余地はなく、逆に、精神の高みから自己を引き下ろす存在ともなりかねないからである。特に「我が強い」人間は要注意である。

各人にとっての最高の高みまで精神・人格が達したならば、不要となった自我は、時として傲慢さや過剰な物欲や執着を生み、人生を通じてせっかく高められた精神性を汚《けが》す存在になる。この意味のみにおいて、ドストエフスキーの言う「意識＝自我＝病気」という構図は成り立つ。

このドストエフスキーの著作における発見は、自分にとって驚くべきことであった。これらの小説のうち、「地下生活者の手記」の第2部の題名は、「ボタン雪によせて」とある

（「ちなんで」あるいは「連想から」という訳もある）。

「罪と罰」「カラマーゾフの兄弟」などの著作ほど知られてはいない、あるいは近頃では

その作品名さえ知られていないこの著作にあやかりたいという願いをこめて、拙著の序文の見出しとさせていただいたものである。拙著がたとえ人に知られずとも、縁あってこれを手にされた方に、たった一つのことでも伝えられたらと願っている次第である。

死ぬときは死ぬがよろしく候◎目次

第１章

沖縄病末期病棟への帰還

すべての思い、悩み、心のわずらいをうち捨てて、
この場で死んでみよ！
一度死ねば、もう死ぬことはないぞ
安心して、本当に死ぬ時まで、懸命に生きよ

死ぬ気になれば、何でもできる。死ぬヒマがあったら、死ぬ気で考えて、死ぬ気で行動せよ。人生は、真摯《しんし》に、本当に生きるには短かすぎる。死んでいるヒマなどないのだぞ、小僧ども。

一日中、一年中、自分のことばかり考えている。ナルシストなのかお前は、その顔で。

賢明な人々の考え方はただ一つ、「考えかつ感謝せよ」だ。

彼らは、まず、生命《いのち》を与えられたこと、そして、この世界を見るための目、聴くための耳、歩くための足、触るための手、これらを与えられたこと、この当たり前の事実を毎日

考え、このことに感謝しながら生きているのだ。

何の不満があるというのだ。盲目の人、歩けぬ人たち、手を失った人々など、皆、不平もいわず、精一杯に生きているではないか。十全な体には恵まれなくとも、五体満足な人々よりも人間としてはるかに質の高い生き方を貫《つらぬ》いている。

それに比べて、お前たちは、いったい何を愚痴《ぐち》っているのだ、何を騒いでいるのだ、何を泣いているのだ、何を不満に思っているのだ。

理由があるのなら、言いたいことがあるのなら、日本語の体裁《ていさい》を整えて、ちゃんと筋立《すじだ》てて、わかるようにしてから話してみよ。ワケのわからぬたわごとを聴く耳など、金輪際《こんりんざい》持っておらぬぞ、わしは。

これは、のっけから迫力のある文章だ。なんだかわからないが、胸に覚えのあるような、全くないようなことで、いきなり叱《しか》りつけられている。一寝入《ひとねい》りしようと、本でも読みながら眠気が起こるのを待とうとしていた私には、少なくとも今のタイミングでは向いてない本だ。

ヒマそうだからという理由で、本を買ってきてくれて読書を勧めてくれるのはありがたいが、本なら何でもいいというワケではない。いったい、私に何を読ませたいのか。私はこれでも入院中の病人なのだ。

心身一如《しんじんいちにょ》というではないか。心の状態はそのまま体に影響するわけだ。私の心にいきなりむち打つような言葉の連続で、なんだか体も少々疲れてしまった。眠くなってきたからしばらく寝よう。なんだかんだ言ったが、結局、この本には睡眠導入効果があったのだ。

くだんの本は、カバーがかかり、書名も読んでないが、最初のくだりは誰かからの借りもののような気がする。思い出そうにも、取っかかりが見えないから、とんとその気にはなれない。それでも次の帰宅日に、自分の書庫を漁《あさ》ってみた。やっとというか、偶然というか、出どころをみつけた。

原文は、次のような文言《もんごん》であった。

若い衆《し》や、死ぬか？　いやなら、今死にやれ！
ひとたび死ねば、もう死なぬぞよ

何ごとも、皆うち捨てて、死んでみよ！
閻魔《えんま》も鬼も、ぎゃふんと言うぞ

これは、江戸時代中期の禅僧、白隠《はくいん》の言葉である。

この白隠の言葉をもじった著書で、筆者は何をうったえようとしているのか。結局、出典はわかったものの、その本は読まずじまいにしようと考えた。繰り返すが、私は立派な病人なのだ。癒しの本が読みたいのだ。読むたびに叱られていたのではたまらない。そんな本など辟易《へきえき》なのだ。


私は、沖縄病末期病棟からやっと退院できたのもつかの間、またしても四号病棟への措置《そち》入院となってしまった。ヒマをもてあまし、時間がすぎるのをベッドの上でひたすら待ち続けるという、我慢しがたい生活に逆戻りとなった。

それというのも、自分流に沖縄を手にしたい、手に入れたいと考えぬいて、結論にいたった方法であったが、あと一息《ひといき》というところでその実践を誤ってしまったからである。方法は完璧だったのだが、実施するにあたり、どこかに見逃した点があったにちがいない。元の木阿弥《もくあみ》だ。私の努力も、費やした時間も、少なからぬ出費も、まとめて水の泡ではないか。四号病棟の同じ病室、同じベッド、よくもきっかり空《あ》いていたものだ。

〝戦友〟と呼んでいる仲間たちが、やんややんやと出迎えてくれた。

「お帰りーっ、思っていたよりずっと早かったね、びっくりだよ。でも、なによりだ、おめでとう」

「いやいやーっ、送別会の記憶も覚《さ》めあがらないうちでのご帰還とは、こりゃ恐れ入るね。やるもんだねぇー、おとなしそうな顔して、君も」

「今度、このベッドにどんな新参者が来るのか、神経質なヤツは苦手だし、頭のいいのはかた苦しいし、品がいいのもくたびれる。気になってたんだが、よかったよ、君で。これで、小《こ》つまらん悩みともおさらばだ」

人の気持ちを推《お》し量《はか》るという、人間として基本的なマナーとも言うべき思惟《しい》能力を、こやつらは誰一人として持ちあわせていなかったのだ。戻ってきてみて初めてわかった。この中で、できれば終生の友人が見つかればと、一瞬でも期待した私がバカだった。今までは居心地のいい、同じ病気と闘う戦友たちに囲まれた、最高の環境であると思われていた沖縄病末期病棟が、なんだか俗人たちの集合部屋のように思われて、その中にまた戻された自分が、惨《みじ》めで、哀《あわ》れで、間抜《まぬ》けのように思われてならなかった。

沖縄病の末期を病んでいる方々が、私のような悲惨な目にあうことだけは、何としても阻止《そし》したい。そして、沖縄病克服に失敗した原因を何としても究明したいという抗《あらが》いがたいパトス、熱情を胸の内ではっきりと感じていた。

ここで、私が入退院している「沖縄病末期病棟」という聞きなれない病棟について話しておかなければならない。ほとんどの方々が、そんな病棟など聞いたことがない、著作のための単なる造語にすぎないと考えているに違いないからである。それは無理もない話だ。第一、巷《ちまた》でときたま耳にする「沖縄病」なるものは病気ではない。いわゆる恋の病といったたぐいの喩《たと》え、沖縄フリーク御用達のシンボル化された楽屋落ち、ファミリー・ジョーク、せいぜい関係者だけに通用するえせ用語程度のものだと受け取られているだろうからである。

ところがそれは誤解だ。「沖縄病末期病棟」は確かに存在しているし、それは沖縄病が立派な病気、疾患として認知されている証左なのである。この病棟は海に接していない内陸地方、しかも山だらけの県にある。つまり、隔離されているわけだ。山だらけの県、だじゃれのネタにもなっている「山があっても山無し（梨）県」に一棟だけあるのだ。

そんないい加減な与太話《よたばなし》などには付き合いきれないと思われるだろうが、実は私もそう考えていた。だが、人は特殊な状況に置かれて、初めて必要となる特殊な情報や知識を得るものだ。世の中、需要があるところには、必ず儲けたいがための供給者がいる。相手は沖縄病になれる程度に余裕がある、やや天然がかった患者もどきの人々、保険もきかない治療費を喜んで支払う長期入院者たちなのである。投資に見合う以上の十二分の利益が当分の間保障されているのだから（沖縄ブームは今後とも続くだろうし、入院希望者は絶えず供給されるはずだから）、これを見逃す手はないのである。

それにしても、人はなぜそんな冗談のような病にかかるのであろうか。私は、たまたまその病棟がある山梨県人であることが幸いし、そのメカニズムを説明することができる。いや、説明というには程遠い私なりの推論、もっといえば身をもって感じたままのことを話すだけにすぎないのであるが。

山梨県は、以前、総務省が行った日本で一番住みやすい都道府県はどこかという調査で第一位と発表されたことがある。多くの項目の調査結果を基にした総合評価とのことだった。この結果に一番驚いたのは、ほかならぬ山梨県人であった。この県のどこが一番なのか心当たりがないのである。

しかし、である。周囲を城壁のように山々に囲まれた山梨県、海から隔絶され、戦国時代には見るに見かねた敵将の上杉謙信から塩を送られた（「敵に塩を送る」の語源である）甲斐の国（山界、山間《あい》などが語源とされる）山梨県は、海への憧《あこが》れ度合いを調査すれば、おそらくそちらでも第一位になるのではなかろうか。特に沖縄の海を一度でも見た者にとっては、海への憧れはやがて渇望へと変わる。珊瑚礁により、ブルーというよりエメラルドグリーンに彩られた透明な海。この美《ちゅ》ら海《うみ》ひとつをとってもオキナワに魅了されるには十分であろう。

ウチナーンチュ（沖縄人）以外の本土の住人は、未だにヤマトゥーンチュ（大和人）と称されている。そのヤマトゥーンチュたちは、あわただしい日常生活から離れ、沖縄に着いたときから時間の流れが変わったことに気づかされる。それは劇的な経験でもある。ウチナータイムと呼ばれるゆっくりとした時間を心と体で確かに感じるのだ。そのゆるやかな時間のなかで、頬《ほお》をなでる心地よい西風《いりかじ》。

ブルーの琉球グラスを手にしていただきたい。底から立ちあがるウルトラマリンブルーは、微妙なグラデーションでじょじょに薄くなり、グラスのふちに至って透明となる。そのブルーのなかに絶妙に配色された明るめのグリーンが、グラス全体をオキナワの海の色にしたてあげているのである。まろやかで芳醇としか言いようのない古酒《くーすー》を満たせば、亜熱帯の太陽《てぃーだ》の光が反射して、あるいは透過して、部屋の壁のそこかしこに、揺れうごく明るいトンボ玉のような光をつくりだしていることに感激さえ覚えるであろう。

そして、このオキナワン・ブルーへの渇望が満たされない者は病に移行していく。「沖縄病」である。私はこの病に侵され、しかも末期に近い病状である。ホスピスが必要なほどである。思うにこれが、沖縄病の原因であり、沖縄病末期病棟が山梨県にある理由であると私は考えている。

話は戻るが、考えてみれば、この沖縄病末期病棟は、闘病生活には最適ともいうべき環境と施設とスタッフに恵まれている。甲府駅から車で十分程度の場所であるが、道からは、プロムナードともいうべき雰囲気のある進入路によって奥まっており、実に閑静な佇《たたず》まいである。木々に囲まれ、この場所に病院があることなど、新しく越してきた住民には知られていないだろう。いや、以前から住んでいる近隣の人々にさえ忘れ去られているにちがいない。

この、いわば、忘れ去られた施設であることが、「患者をリラックスさせ、一切の気遣いをさせない環境の中で治癒に至らせる」という治療方針に最適なのである。近くには、ミレーとバルビゾン派などで有名な県立美術館、芥川龍之介や甲府市北部の美咲《みさき》（旧御崎）町に一時住んでいた太宰治などの貴重な資料を展示している県立文学館がある。この一帯は、都会ではつくり得ない一大文化都市公園であり、緑と文化と癒しの異空間とも呼びたくなる。

帰宅日にあえて自宅に帰らず、石畳と煉瓦《れんが》とからなるプロムナードを歩き、木漏れ日と快風を感じながら、このうえもなく気持ちのよい散歩をすることがある。美術館の常設展で、ソファーに座り、ゆっくりと、時間を気にせず、ミレーの「種をまく人」「夕暮れに羊を連れ帰る羊飼い」「落ち穂拾い、夏」「冬（凍えるキューピッド）」や、モナリザ風に描かれた薄命《はくめい》の妻「ポーリーヌ・V・オノの肖像」（コローの「真珠の女」、ラファエロの肖像画、また、マネなどのいくつかの作品の中でも、女性のポーズはダ・ヴィンチのモナリザスタイルが採用された例が非常に多く、このポーズ自体がオーソライズされている）などを眺める。

「落ち穂拾い」のモチーフは、貧しい農民たちが刈り取ったあとに残された麦の落ち穂を、さらに貧しい人たちが拾い集めるという、当時の生活の中での貧困の悲しみが描かれた作品である。にもかかわらず、主として三人の人物で構成されている画面は、各人物のポーズ、配置、用いられた技巧、光の効果等から、崇高さ、あるいは一種の神秘感が漂ってくる。このことは、画家のイマジネーションと、これを具現化しようとして習作を繰り返し描き、究極的な構図にまで達した成果だといえる。

もちろん忘れてはならないのは、ミレーの代表作「種まく人」である。常に世に種をまき続けなさいというキリストの言葉にならって農民が小麦をまいているとされるこの作品は、ほぼ同サイズ・構図で二枚存在している。もう一枚はボストン美術館にあるのだが、主な違いは、山梨の美術館所蔵作品は絵の具の厚塗りによる技法で描いてあり、背景色が黄色系であるということ、また一八五〇年のパリのサロンに出品された作品であるということである。ゴッホもこの作品に触発され、構図、色彩、技法は全く異なるが、同じく「種まく人」を描いている。

ミレーの作品は見飽きることがなく、私は必ず常設展の作品を一点一点観賞することにしている。ミレーの作品の前で私が過ごす時間は長い。世界の美術館を調査した結果、その作品の前に立ち止まる時間が一番長い画家はフェルメールだそうだが、私にとってはミレーが第一位である。

ちなみに、フェルメールの作品が人の目を釘付けにするのにはそれなりの理由がある。フェルメールの作品数自体は非常に少ないのであるが、来館者を対象としたアンケートの結果から読み取れるその理由とは、作品を観た時に心に感じられる「気持ちよさ」にある。

近年、フェルメールの作品修復中に発見された彼独自の遠近法の技法とは、キャンバスまたは板にクギを刺し、そこにくくりつけられた紐《ひも》を必要な角度に引っ張り、クギを消失点とする線を引くというものである。作品の表面に一点穴が開くという欠点はあるものの、極めて簡易で合理的な方法である。

しかし、初期の作品を除き、フェルメールはその完璧な遠近法をわざと崩して作品を描いた。つまり、厳密な遠近法は幾何学的には正しいのであるが、人間の目にとっては「気持ちよくない」のである。中学の美術の教科書でもおなじみの「ミルクを注ぐ女」という作品がある。これも、近年の研究で、手前に置かれたテーブルは四角形ではなく、テーブルとは程遠い六角形から七角形であると分析されている。

フェルメールは、どうしてそんなことを行ったのか。テーブルの上にはミルク入れやポット、パン用のバスケットなどが置かれている。この地方特有のパンなどは本物より本物らしく、あるいは本物より美味しそうに見え、このパンを見るために本職のパン職人がわざわざ見に来たというエピソードさえ残っている。

窓からはソフトな光が差し込み、ほのかに薄暗い室内、ミルクを注意深く注ぐメイドの女性。注ぎ終わったらいっしょに運ぶのであろう、香りさえ漂ってきそうな質感あふれるパン。日常の何気ない光景ながら、その静寂さが観る者の心に同様の静けさを生み出す。

フェルメールは、この空間の佇まいをつくりだすため、基本的な遠近法を根底におきながらも、人の目に違和感をもたらすあらゆる要素を排除した。この空間は、約四五×四一センチのほぼ正方形の小さな画面の中に構築されている。おおまかにいって、左上と右下を結ぶ直線により、二つの直角三角形に分けられる。左側の三角形は窓を除けば影の部分であり、右側の空間は正面の白い壁が大部分を占める明るい部分である。

この対角線を、中央の女性が左右に分けている。この女性像はこの絵の中心的モチーフであり、通常の形状のテーブルでは女性のスカート部分は大きく隠されてしまうことになる。この絵の主題ともいえる女性の存在感は、テーブルの面積によって半減するであろう。いや、それどころか、パンやポットなどが静物画風に置かれたテーブルの存在感が増し、従たる関係のテーブルと、主たるモチーフである女性像とが肩を並べるような関係が画面上に生じるであろう。

フェルメールはこれを回避するため、テーブルの長さを縮小させ、また、注意深く多角形化することにより不自然さを出さずに、中心的モチーフである女性と、この女性にとってなくてはならない関係にあるテーブルとを、この小さな画面の中で、これ以上は望めないほどのバランスをもって描きあげたのである。

こうした試みは、初期以外のほとんどの作品で行われた。最も有名なのは、風景画屈指の傑作といわれる「デルフトの眺望」の中で、現在も存在するスヒーダム門（時計塔）とロッテルダム門の角度をわざわざ変更し、構図的な調和性、バランスを追求している。フェルメールは、クギと紐により遠近法を駆使しながらも、モチーフの角度の変更や変形により、画面全体の調和に心血を注いだ。観る者は、彼の作品の前で立ち止まり、観賞するというより、その絵の雰囲気を味わっているようにみえる。あるがまま、現実のままに描くリアリズムによって人間の感性に違和感を与える代わりに、調和を求める人間の感性に構図や色彩や光を合わせて作品を描いた画家、フェルメール。

だから、人々はフェルメールの作品に「気持ちよさ」を感じる。その気持ちよさが、フェルメールを作品の前で立ち止まる時間が一番長い画家たらしめているのである。

さて、私にとっての鑑賞時間最長画家であるミレーの作品を一通り見終わると、今度はバルビゾン派の画家たちの手になる風景画に包まれる。バルビゾン派とは、パリの南東フォンテーヌブローの森で写生し、小村バルビゾンに集った画家たちのことであるが、山梨にいながらフォンテーヌブローの森の中に佇んでいるかのような癒しの空間を与えてくれる。

喩《たと》えには無理があるかもしれないが、バルビゾン派の風景画に囲まれていると、京の町屋が思い起こされる。京の町屋は、間口が狭く奥行きがあることから、別名「鰻《うなぎ》の寝床《ねどこ》」と呼ばれる。土間の廊下のような通《とお》り庭《にわ》から中に進むと、奥まった客間の外に庭がしつらえてある。家の大きさにもよるが、一般に「坪庭《つぼにわ》」とよばれる。

この庭には小さな築山《つきやま》に樹木が植えられ、石灯籠や岩には苔がむし、秋には紅葉、冬には雪景色へと変わる。まるで家にいながら深山幽谷の中にいるかのような錯覚を覚える。これを「市中山居《しちゅうさんきょ》」というが、町中《まちなか》で、しかも屋内に居ながら味わえる自然なのである。

私が腰掛けているソファーの周りには、バルビゾン派の画家たちが描いたフォンテーヌブローの森が広がっている。この森を歩き続けていけば、はるか北西の方向にはパリがある。ここはまぎれもなくパリっ子たちが憧れているフォンテーヌブローの森のまっただ中なのである。京の町屋ではないが、まさしく「市中森居《しちゅうしんきょ》」である。

美術館のここちよい室内にいながら、あたかもフォンテーヌブローの森のとっておきの場所にいるかのような雰囲気と佇まいがある。ここから戻るのに、遠くまた暗い森を抜けていく必要はない。フォンテーヌブローの森に好きなだけいて、即座に美術館のソファーへと戻れる。これこそ、癒しの風景画に包まれた至高の瞬間だ。

また、隣接する文学館では、山梨ゆかりの文人たちとまみえる。山梨県東八代郡境川村（現笛吹市）に生まれた希世《きせい》の俳人、飯田蛇笏《いいだだこつ》とその四男飯田龍太《いいだりゅうた》の直筆の句を読み、また眺める。眺めるだけで、いい。頭を空っぽにすると、その句がかもし出す世界に入れそうな気がする。

飯田蛇笏、畢生《ひっせい》の一句、「芋《いも》の露連山影《つゆれんざんかげ》を正しうす」。

私は、いいにつけ悪いにつけ、ものごとをビジュアル的にとらえる悪いクセがある。そのために、長い間、この句を誤って解釈していた。私の思いこみの中でのこの句の意味は、季語である芋の露が、透明な凸《とつ》レンズ、あるいは、凸面鏡の役割を果たし、盆地を囲む連山の山映《さんえい》、山容を整然と映し出している、というものであった。ビジュアル的に、目に浮かんでくるような説得力がある。

しかし、この句の正しい意味は、「(朝のさわやかにして凛《りん》とした空気の中、ふと見ると)芋の(葉に)露(が降りている。はっとして、季節の移ろいに気づかされ、また、心に感じ入り、思わず目をあげて周囲の山々を見渡すと、この凛とした朝の空気のように)連山(の山映、いつも見慣れているはずの山容、佇まいが)影を正し(ているかのように整然として、清々《すがすが》しく感じられ、背筋がピンと伸びる思いがし、その美しさにしばし見入ってしまった)うす」、ということのようである(著者による文言《もんごん》の補足追加、解釈の誤《ご》謬《びゅう》については著者の解釈・文章力に責がある)。

つまり、私の我流でのビジュアル的な解釈を超えて、この句は、私などの浅はかな解釈、鑑賞力などではとうてい及ばない、厳選された数語の言葉の超然たる脱俗的連関の極みで構築された句であった。私などが勝手に思いこんできた浅はかな解釈を、比較にならないほどはるかに凌駕した傑作句であったのだ。私は今さらながら自分の解釈力の未熟さに恥じ入り、それ以後、俳句に関しては一切合切自分の主観の中に留め、何らかについて発言することを完全に止めている。以前は鼻歌まじりに口にしていた山頭火のお気に入りの句についても、頭の中で通りすぎるに任せている。

話を戻すと、私は、自分が再入院となった原因究明に全力で当たろうという意気込みだけはあるものの、取っ掛かりがつかめず、どこから始めてよいのやら見当がつかないという五里霧中の状況にあるということである。このままでは埒《らち》があかない。

ところで、私は常々、「日本人とはそもそもどのような民族であるのか」ということを、いつか解き明かしたい課題と考えていた。心理学者ユングは、人間個人個人の意識下に「個人的無意識」と呼ばれる無意識の領域があり、個々人の性格・行動の多くはその個人的無意識に根ざしていると言った。それは私も経験を通して感じていることである。例えば、幼少期における私の父親に対する恐れの気持ち、それは普段意識に上ることはない。

しかし、父親から独立した今でさえ、しばしば朝目を覚ますと今日はどんな理由で叱られるのであろうかという意識にとらわれることがある。それはすぐに顕在意識により打ち消されるのであるが、怖れの気持ち、脈拍の上昇が一瞬見られる。これ以外にも、普段は表面化していない多くの無意識による囚《とら》われがあり、日常生活の中での私の考え方の傾向をつくり出したり、何気ない行動の原因となったりしていると実感できることが少なくない。

その中には、いわゆる「トラウマ」に相当するものがある。本来古代ギリシャ語で「傷」を意味する「トラウマ」を、「心の傷・心的外傷」と意味づけし直したのはフロイトである。トラウマの場合、当の本人がその原因自体に気づいている場合が少なくない。幼少期に蜂に刺されたり犬に噛まれたりした経験が、蜂や犬への恐怖症を発症させることがあり、本人もその原因に気づいている場合が多い。

だが、私の言う、ユングが名付けた「個人的無意識」は、もっと広い範囲と深さをもち、単に蜂などを恐れる原因となるだけではなく、その個人の生涯の意識・認識傾向、行動の発動傾向全般に影響を与える「無意識層に蓄積された意識・記憶」を意味している。ユングはさらに、民族、国などの単位で長年にわたり慣習、伝承、生活様式などが積み重ねられて形成されてきた「集合的無意識」を措定《そてい》した。ユングは、個人の場合と同様、民族などの単位でも共通した無意識を持つものと考えた。確かに、単に「文化や宗教などの違い」という現実的な理由だけでは捉えきれない、また説明がつかない独特の民族的意識、「集合的無意識」というべきものが存在している。

それでは、日本人の「集合的無意識」とはどのようなものなのか。

取っ掛かりの見えない今、自分自身もその一人である「日本人」の「集合的無意識」とは何なのかを考える機会が訪れたと感じた。このことがいわば長年の課題でもあった私は、自分なりにこれを解き明かそうという気持ちになっていた。問題への端緒《たんちょ》が見えない中では、まず、取りかかれそうなところからアプローチを試みるしかない。

第２章

取っ掛かり（宮本武蔵とＵＦＯ）

取っ掛かりが見えない中、例の本でも読んでみようという気になった。いや、読むというより見るが正しい。本をぺらぺらとめくり、興味を惹かれそうな文言を探していたにすぎない。そのなかで、気になる言葉が綴られた章があった。

いわく、「宮本武蔵は日本における合理的思想の祖であった」という長たらしい見出しの章である。まだ、この本の題名さえ知らない中、暇つぶしもかねて読んでみた。内容は次のとおりであった。


宮本武蔵は日本における合理的思想の祖であった。その根拠はある。

ルネ・デカルトは一五九六年に生まれたが、武蔵もまた一五八四年とほぼ同時期に出生している。

両者の共通点は、デカルトが西欧における近代合理哲学の祖であるのに対し、宮本武蔵は日本における合理的思想の祖であったということである。デカルトの思想は、ライプニッツ、スピノザと引き継がれ、近代西洋科学を生み出す根本的な原動力となった点でその功績は計り知れない。

デカルトが、机上で易々《いい》としながら合理主義を観念していた一方で、剣が全てであった当時の日本において、宮本武蔵は命を賭《と》して、その合理主義を確立した。生き残るための合理主義だ。その道理が誤っていれば死が待ち受ける。せっぱ詰まって、追い込まれたところで生まれた合理主義だ。戦《いくさ》、戦の戦国時代に生を受けたこの武蔵こそ、我が国における合理主義の祖であると私は考えている。

武蔵については、その出生や幼少時代の記録については、デカルトに比べ曖昧《あいまい》な点が多い。生年も「五輪の書」の冒頭の記述から遡っているに過ぎず、名字も「新免」「藤原」とする説があるが、直筆とされる書状では「宮本武蔵玄信」とあり、また墓碑には「新免武蔵居士」ともある。名前については、様々な古文書の中で「武蔵」で統一された感があるので「武蔵」で統一したいと思う。「武蔵」だけで十分である。

武蔵は、十三才の折、村で不埒《ふらち》な所行《しょぎょう》を働いた有馬某《ぼう》と初めて決闘し、有馬の刀で慙死《ざんし》させたといわれている。十六才で秋山なる高名な兵法者を倒し、以降二十九才までに六十以上の立合《たちあ》い、決闘において全て勝利したと「五輪の書」に記されている。

私が武蔵について連想するとき、厳しい父親に突きはなされ、野山を走りまわる野生児の姿が浮かんでくる。腕っぷしが強く、底しれぬスタミナと体力を持つ少年。

しかし、武蔵の手になる書画は洗練されており、その文面は美しく、深い思想をたたえている。諸国を流浪していたころ、彼はみごとな仏像を彫り、生活の糧《かて》としていたという。私のいだいていた武蔵観は、根も葉もないものであって、子供の頃映画館で見た印象の一部が増幅されていたのであろう。武蔵は野生児などではなく、英才教育を受けた文武両道に優れた人物だったのだ。

では、英才教育を施した父親は誰なのかということになるが、これまた、判然としない。古文書や碑文からも様々な説に翻弄されてしまう。真相は分からない。なら、武蔵の父で十分ではないか。これなら間違いようがない。ついでに、親しみが湧くように仮に「新免《しんめん》無二《むに》」と呼ぼう（無二斎の方が語感的に自然なのだが）。

新免無二は、当理流の兵法家で十手術の達人とされている。足利義昭に召されたとも言われている。武蔵の教養は、この足利家で育まれたものなのであろうか。いや、一切、推測の域を出ない。無駄なことだ。

しかし、私にとって武蔵が合理主義的な兵法を用いたと確信できるには、次にあげる三回の勝負で十分である。

一　宍戸某との立合い

兵法のあり方よりも、荒削りで向こう見ずで実践こそ最上の教科書であった若き日の武蔵にとって、伊賀の里の宍戸某なる鎖鎌《くさりがま》の達人は、イレギュラーな武器と技を駆使する強敵であったに違いない。吉川英治の小説では宍戸梅軒という名を与えられている。本名は宍戸ではないともされているが、名前はどちらでもよい。

問題は、その勝負のプロセスと武蔵の発想にある。剣術とはほど遠い鎖鎌との立合いで、武芸というより、殺傷方法に近い戦術を用いられ、鎖分銅《くさりふんどう》でまんまと武蔵は剣の自由を絶たれる。

たぐり寄せられ、武蔵は抗《あらが》うに精一杯の状態である。脇差しに手を伸ばすゆとりなどない。眼前には研ぎ澄まされた殺人用の鎌が、死に神の首刈り鎌同様に待ちかまえている。

剣を保持するため、武蔵の重心は臍下丹田《せいかたんでん》を離れ、上方にある。バランスが完全に崩れてしまったのだ。敵にとっては兵法どおりの理想的な展開であり、しっかりと腰を落とした宍戸がじわじわと全力で武蔵を鎌の射程距離に引き込む。この生死を分ける闘いで、自分の太刀を捨てるという選択は、宍戸の引きつけに抗し得ないと諦めたものなのか、握力の限界であったのかは分からない。

だが、相手が全力で引きつける力と太刀の切っ先がまぎれもなく相手の真正面を向いているという状況は、二つの力のベクトルが同じ方向に働いている、働き得るという瞬時の判断を武蔵に与えたはずだ。武蔵は、太刀を力のベクトルと同方向に、しかも渾身《こんしん》の力をプラスして投げつけた。至近距離から、質量の重い鋼《はがね》の物体が、刀身を先端に位置させながら、研ぎ澄まされた切っ先により空気抵抗もほとんどないまま、まっすぐと空を舞う。瞬時に宍戸の引きつけの中心位置である胸板を貫通したはずだ。

死中《しちゅう》の活《かつ》とはこのことだ。武蔵の心中は分からない。だが、刀を奪い去られ、首を刎《は》ねられた幾多の剣豪とは異なり、相手の高い技術と鍛え抜かれた引き寄せる力を逆手《さかて》にとっての勝利なのだ。

ある時、武蔵は二天一流の極意を聞かれてこう答えたと言われている。

「言うまでもなく、生死を分ける勝負である。あらゆる可能性を駆使して、生き残ること。そのためには決まった流儀などないのである。ある時は一刀に渾身の技と力を注ぎ込む。ある時は、遊んでいる脇差しをフルに活用し二刀を用いる。弓があればこれも用いる。

要するに、とらわれず、その場に応じた技を用いる。生き残るための自由・自然の流儀、これが二天一流の極意である」

さらに武蔵は、次のように問われた。

「ならば、鉄砲があれば、鉄砲も使うのか」

武蔵は間髪いれずに答えた。

「無論のこと」

剣が全てであったご時世に、使えるものなら何でも使う。剣より効率的なものがあれば迷わず使う。合理的な考え方だ。それが生き残るための必然的な合理主義なのだ。

二　吉岡一門との死闘

武蔵が生きた時代、京には剣道場、あるいは剣法と称するものが少なかった。起源は定かではないが、「京八流」なる剣法があって、これがかの吉岡流となったのではないかという説がある。いずれにしても、当時、おおまかに言えば、関東の当理流、あるいは塚原卜伝《ぼくでん》が創始した新当流に対し、都には京流があって、二つの剣法が棲《す》み分けをしていたのである。

武蔵がこの吉岡流と試合をしたのは、余りにも有名な話だが、息子に先立ち親父の新免無二が勝負を挑んでいる。どうやら、無二が勝利したと言われている。「五輪の書」には、「二十一歳にして京へ上り、天下の兵法者に会い、数度の勝負を交えるが全てに勝利している」旨の記載がある。時代的に考えて吉岡一門のことである。小倉碑文に記された「扶桑第一の兵術吉岡」に相違ない。

この吉岡一門の試合と決闘には諸説があり、細かい真相は分からない。だが、道家角左衛門が武蔵本人から聞いたとされる話が記された『武公伝』やいろいろの古文書から、ある程度の真実めいた話を再現することができる。

第一対戦者はくだんの吉岡清十郎である。

武蔵は洛外蓮台野で清十郎との試合に臨んだ。武蔵は木刀を中段に構え、清十郎と対峙した。この野原で、陽光の差し込む方向、地面の起伏、土壌の湿り気、草の茂りぐあい、相手の刀、構え、握り、間合い、気合いの入り具合などを、それまでの経験と知識、持って生まれた才能と本能で探り当てる。

武蔵のモットーである、相手に対する「絶対優位」を確保するため、武蔵は感覚を研ぎ澄まし、じわりじわりと優位な位置に自己を導く。相対的に相手は次第に不利な条件を強要される。

立ち位置が定まった。吉岡が間合いを詰めてくる。武蔵は相手の切っ先を見ない。八方目《はっぽうもく》といい、視点を一点にとどめず、全身を見る。

初めてまみえる相手の剣法は分からない。

だが、真剣での打ち込みは、軽い竹刀《しない》と異なり、小手先の技は不可能だ。必ず技を繰り出すための準備動作が必要となる。足先の筋を引っ張る筋肉の動き、目には見えぬかすかな重心の移動、切っ先の微妙な動き、踏み込みを始めた瞬間、鮃筋《ひらめきん》から大腿筋、腹筋・背筋から上腕二頭筋に連鎖する一瞬の動き。

吉岡は、電光石火の面打ちで来た。吉岡は、一撃で決めようなどとは勿論端《はな》から考えていない。返し技で決める気だ。

「絶対優位」にある武蔵は、木刀では受けなかった。重い真剣での打ち込みは、僅かながら速度が落ちる。武蔵は、自分の正中線《せいちゅうせん》を十五センチほども横にさばけば十分であった。吉岡とほぼ同時に右足を斜め前に踏み出す。吉岡の太刀を易々《やすやす》とかわしながら、その木刀は相手の面を捉えた。豪腕の二本の腕で一刀に渾身の力を込めた一撃は吉岡を仕留めるのに十分すぎた。身をかわしながらの相打ちの面だ。

清十郎は虫の息であったが、弟子たちが板の上に載せて帰った。治療の甲斐があって吉岡は回復したが、それを機に兵術を捨てて出家した。

吉岡一門との闘いは、ここから始まった。

まず、清十郎の弟伝七郎と洛外で試合をすることとなった。伝七郎は五尺の木刀を携えて現れた。顔には心の底からあふれ出る憤怒《ふんぬ》の形相がそのまま現れていた。清十郎との立合いと異なり、武蔵が「絶対優位」を確保するための暇《いとま》はなかった。

だが、怒りに駆られ、自己を失った相手が、素振りの練習に用いる重くて長い五尺の大木刀を上段に構えている。剣の技術の差を、木刀のリーチの差で補い、武蔵の間合いの外から打ち込もうとする、怒りに任せた、小手先の思い付きだ。

武蔵は労さずに「絶対優位」を確保した。

大太刀が唸りをあげて、振り下ろされる。それを武蔵は木刀で横に叩きつける。伝七郎に体当たりし、易々として五尺の大太刀を奪い取った。

そして、丸腰となった男の頭を、ずしりと重い五尺の木刀で、鉢金ごと叩き割った。

こうなると、吉岡一門の面子というより武蔵への憎しみだけが全てとなった。一門の誉れも捨て去り、武士の誇りも消え去って、集団で武蔵一人を斬り殺す、射殺す、叩き殺すことだけが決闘の目的となった。

大勢で取り囲んで打ち果たすべしとして、清十郎の嫡男《ちゃくなん》亦七郎を旗印とし、洛外一乗寺《いちじょうじ》下《さが》り松《まつ》の辺りでの果たし状を武蔵にたたきつけた。門人等八十名弱、太刀はもとより、槍、薙刀《なぎなた》、弓箭《ゆみせん》を持って、すなわち、吉岡流の極意もなにもあったものか、手段を選ばずの殺人行為を企てていた。

武蔵の門弟十名ほどが加勢したのは当然と言うべきである。一騎当千など武蔵には現実的でない。多勢《たぜい》に単身で乗り込むなど、絶対不利どころか無駄な自殺行為だ。

武蔵は、この果たし合いで二刀を用いたとあるが、実際の試合にそれまで二刀で勝負をしたことはないようだ。武蔵は二刀で稽古をしていると、腕が強くなり、片手でも刀が操れ有利になるからという理由で、二刀流の稽古をした。

豪腕武蔵は、ここで初めて二刀を用いたはずである。

武蔵は、清十郎、伝七郎との闘いでは到着が遅れたが、今回は早くから門弟と共に潜んでいた。そして、門弟にはこのように命じていた。

まず、真っ先に弓兵を刺し殺すべきこと。(当時の戦《いくさ》では、死亡者の死因の七、八割は弓によるものであった)

次に、右手(利き手)に脇差、小太刀を持つべきこと。

太刀は左手に持つべきこと。

左手の太刀は、相手の刀を受け流すだけでよい。

それでなくとも重い太刀を慣れぬ左手で扱うわけであるから、相手の刀を刀背（峰）で受けよ。

刃で受けてはならない。わずかな亀裂が太刀を折ることに通ずる。

峰の重さが弱い腕力の助けとなり、必ずかわせよう。

峰で受け、かわし、右足を踏み込んで小太刀で体ごと刺し、また斬るべきこと。

敗走する相手には、常のごとく、太刀を一刀に構え斬るべきこと。


吉岡一門が現れ、配置につくや、息をころして潜んでいた武蔵の門弟が、弓兵に一斉に襲いかかり、飛び道具のほとんどを壊滅させ、周囲から襲いかかった。

相手の虚を突く奇襲、絶対優位とはいかないが、最善の策ではあったろう。

吉岡側は目を疑った。

弓兵の返り血を浴びた鬼のような形相の男たちが、右手に小太刀、左手に太刀を握り、二刀を大きく振りかざしながら突進してくる。

あわてて腰のものを抜くが、相手の振り下ろす峰打ちをかわすが精々《せいぜい》、体重をあずけての脇差が腹を抜き通る。我に返り、面打ちに行く者も、相手の太刀の峰に打ち返される。

構え直すいとまもなく、至近から相手の利き腕の小太刀が振り下ろされ、突き抜かれ、また、胴払いされた。

二刀、しかも利き手に小太刀、両手を八双に構えたこの極めて変則的な剣法、正攻法では必ず打ち負かされるという、一瞬の錯覚が吉岡一門を妄動《もうどう》させる。

武蔵は単身、狼狽《ろうばい》しながらも斬りかかる相手の太刀を二刀でかわしながら、亦七郎に向かって突進する。

そして、何の躊躇もなく、立ちつくすが精一杯の亦七郎の首を斬り落とした。

武蔵に続いてきた門弟たちは、今度は相手の中心部から周囲の者に斬りかかっていった。

武蔵と門弟達のあまりの勢いに怯懦《きょうだ》し、敗走に移り始めた相手を片端《かたっぱし》から斬った。多くの吉岡の門弟たちが死亡し、また負傷した。武蔵のゲリラ戦法にしてやられたのだ。

相手が、多勢に任せてがむしゃらな汚い仕方で挑んでくるならば、その上を行くのみである。

しかし、その戦術には合理性が駆使され、相手は自己崩壊に追い込まれるのみであった。

三　「絶対不利」の巌流島での死闘

巌流島の決闘で有名な佐々木小次郎であるが、この剣豪についても詳しくは分かっていない。

安土桃山時代から江戸時代初期に生き、一六一二年五月十三日に逝ったことだけは分かっている。自ら巌流と称し、その剣は「物干し竿」と言われる三尺三寸の長剣。野太刀「備前長船長光《びぜんおさふねながみつ》」。

この太刀は、約一メートルの長さを持つ。一般の太刀が約八十センチであったから、床の間に飾るには見栄えもしようが、真剣の立合いでは勝手が違う。リーチではメリットがあるが、刀身自体の重量が重く、遠心力も強い。小次郎は、その剣を自在に操る腕の持主である。「虎斬りの剣」とも言われる。斬馬刀の元祖のような剣を、想像を超える速さで正確に振り回す男だ。その真骨頂は返し技にある。

長い剣で斬り込む。怯んだ相手には目にもとまらぬ斬り返しが致命傷を与える。下から斬り上げるのだ。その様から、おなじみの「燕返し」とも言われる。小次郎は小倉城主の細川忠興に気に入られ、剣術指南役であったともいわれている。

二人の東西きっての剣豪の勝負を見ようと、当時のミーハーは遠方からも集まった。そして、多くの観客の前で、当初、決闘は寺の境内で行われるはずであった。

しかし、場所は海上の舟島《ふなしま》に移され、観覧禁止となった。世紀の決闘を楽しみにしていた人々の落胆ぶりが伝わってくるようだ。

この決闘場の変更には、指南役が敗れてはならないという単純なプライド意識のほかに、複雑な要因が絡んでいたようだ。だが、それはどちらでもいいことだ。実際、決闘は舟島、後の巌流島で行われたという事実だけが残っている。

変更でデメリットが生じたのは武蔵の方だ。寺に付きものの墓石や竹林は、長剣の小次郎の動きを封じるには有利に働くからだ。

武蔵にとっての最大命題は、常に「絶対優位」であった。その一部がはぎ取られ、また同時に疑念が湧いた。証人がいない絶海の孤島での決闘は腑に落ちない。策略の臭いがプンプンと匂う。

小次郎が勝てばよし、小次郎が負けることは許されない闘いであることはいやでも分かる。はじめから勝敗がシナリオ化された試合。「絶対不利」の決闘なのだ。

例により、武蔵はあらゆる可能性を模索する。シミュレートする。この決闘にあたっては新免無二が武蔵のそばに居り、様々なアドバイスを与えたことは、かなり信憑性《しんぴょうせい》の高い話である。

小次郎が長光を研ぎに出した際、彼を兄の仇《かたき》とする者がこの野太刀を手に入れ、武蔵のもとに届けたという。そして、この恨み深い長刀を足でへし折るようにと勧めた。彼の身内を含め幾多の武将の血糊《ちのり》にまみれてきた刀である。

武蔵は言った。

「刀は単なる道具ではないか。刀に何の罪、咎《とが》があろう」

武蔵は、くだんの刀を無事小次郎のもとに届けよと命じた。


しかし、小次郎の愛刀、備前長船長光を目の当たりにし、手にした武蔵は怯懦したに違いない。三尺三寸の長くて重い刀だ。この大太刀を軽々と操る男。そして、自分が相まみえる刀が目の前にある。

武蔵も人間離れした腕力の持ち主であり、片手にそれぞれ重い太刀を持ち、多勢を相手にひけを取らぬばかりか打ち破る輩だ。

だが、それにしても存外に長く重い剣。剣の重さに長さの遠心力がプラスされる。その剣を目にも止まらぬ速さで、必殺の返し技をきめてくる。恐るべき相手だ。新免無二が小次郎の刀に見立てた木刀を武蔵に突きつける。武蔵は真剣を中段に構えてみる。リーチの差は歴然だ。武蔵の間合いの外側から、恐ろしい勢いで振り下ろされる長剣。

剣でかわそうが、八方目で相手の動き（どんな技にも準備動作がある）を察知し、身をかわそうが、間髪をいれずに下からの切り返し技が、脚といわず、腹といわず、胸といわず、喉といわず切り裂いてくる。

武蔵は、決闘の際、真剣ではなく木刀を用いることが多かった。真剣は、いかなる技物《わざもの》といえど、刃物である以上、構造上折れやすい。折れてしまっては「絶対優位」は保てない。武蔵が打ち殺してきた相手は、下り松の決闘などを除けば、剛腕武蔵の木刀により頭を割られ、首の骨をへし折られた剣豪たちであった。

武蔵は、得体の知れぬ相手と度胆をぬかれるほどの大太刀に対し、如何にして生き残るかをシミュレートする。そして最も合理的な太刀を造りあげた。小次郎の備前長船長光を上まわる長さにして、真剣より軽く、折れることのない太刀。

言うまでもなく、手作りの長い木刀だ。小次郎のリーチを上まわり、初速も速く、武蔵の豪腕なら鉢金もろとも相手の額を打ち破ることが可能だ。

舟島にわざと遅れて到着したというのは、後世、脚色されたものである。「絶対有利」をモットーとする武蔵は、念入りに下見を行い、当日は早めに舟島沖に停泊していた。

決闘の時刻に合わせて、立合い場所からやや離れた地点に上陸した。そして武蔵は、決闘場全体の配置や状況、幕の後ろに待機しているであろう弓兵の位置と距離を頭にたたき込んだ。

武蔵は緩やかに歩を進め、さらに観察した。

砂浜の深さ、堅さ、表面の起伏・凹凸の出来具合、打ち寄せる波の強さ、太陽の位置、弓兵からの正確な距離。

武蔵は、小次郎から五〇メートルほど手前で歩みを止めた。

小次郎の方が近づいてくる。決闘場の中心から小次郎を引き寄せるのだ。

振り返り、船の様子を見る。舳先《へさき》を沖に向け、船頭がこちらを見て頷《うなず》いた。

ほどよい位置で小次郎が立ち止まる。両者、慇懃《いんぎん》に立合いの名乗りをあげた。

武蔵は、手にした木刀をゆっくりと上げ、八双の構えを取った。しかも、くだんの木刀を天に向かって垂直に保持した。より長く見せるためである。

驚いたのは小次郎である。

木刀、しかも自分の太刀よりよっぽど長い。

小次郎は、決闘が決まって以来、燕返しに磨きをかけていた。

小次郎の読みはこうだ。

研ぎに出したばかりの備前長船長光を疾風怒濤のごとく武蔵の面に打ち下ろす。広く知られた返し技を封じるため、武蔵は二刀を用いるであろうと。ながら空きになった中段に、さらに磨き上げられた燕返しが武蔵の胴を抜き、腕の根本から首筋を切り裂く。


眼前の武蔵は、恐ろしく長い木刀を、広めに握り、一刀で構えている。しかも切っ先まで図太い木刀だ。自分の頭蓋の鉢をたたき割るつもりなのだ。

武蔵の木刀には仕掛けがあった。木刀の威力はその打撃力にある。真剣における峰打ちと同じであるから、構造を同じにすればよい。太い芯となる部分を前側に、また後部分は航空機の羽の形状のごとく薄くしてある。

折れにくく、強い破壊力をもちながら、軽いのである。

この木刀が持つ、長さと軽さと強さが武蔵を絶対優位に導いていく。

小次郎は思った。

八双の構えから、武蔵は木刀で面を守った直後、その位置から渾身の力で木刀を振り降ろし、自分の小手を、とう骨、尺骨ごとたたき割るつもりなのだ。

武蔵ほどの剣豪ならば、正確な位置で太刀を止めるはずだ。

ならば、返し技は切り上げるのではなく、低く水平に斬るべきである。重力に逆らわない分スピードも速い。

足払いだ。

決まった。この勝負は勝てる。


武蔵は、八双の構えのまま微動だにしない。相手の打ち込みを待っているのだ。

このままでは、いくら待っても勝負は始まらない。自分の太刀より長い木刀の相手、しかも小次郎の面打ちに備えている。

相手に面を受けさせ、低い体勢での足払い。迷う余地はない。


初めて立合う、自分よりリーチのある木刀を持った相手。間合いは自《おの》ずと長くなる。

もともとその長剣から、小次郎と相対した幾多の剣豪たちは、自分の間合いより、小次郎の長い間合いをとることを強いられ、無念のうちに逝ったのであった。

今回は違った。小次郎は、その長剣を凌駕《りょうが》する武蔵の長い木刀の間合いを強要された。

小次郎が初めて経験する長い間合いである。

小次郎は、その間合いからいつも以上に大きく踏み出し、備前長船長光を武蔵の面に振り下ろした。

小次郎との間合いが長く、また、小次郎の踏み込みの長さが勝敗を分けた。ほんの僅かな踏み込みの時間の長さが、武蔵に相手の剣先が描く軌道を読むに足る一〇〇分の数秒かの時間を与えたのだ。


武蔵は、その位置で素早く右に体をさばくと同時に、木刀を上段に構え、瞬時に面打ちの体勢に入った。

小次郎の面打ちは空を切り、一方武蔵は万全の体勢から、小手ではなく面を打った。

勝ちが決定している相打ちの面。

武蔵は、小次郎の頭蓋《ずがい》の陥没《かんぼつ》を、耳で聞き、両手で感じた。

勝負はついた。

武蔵は、小次郎を一瞥《べつ》することもなく、きびすを返すや船に向かって全力で走った。

驚いたのは立合いの人々である。

余りにあっけなく、まだ、小次郎が倒れていないにもかかわらず、武蔵が逃げ出した。呆気にとられるとはこのことだ。しばし、状況が掴めない。

三人ほどが、崩れかかる小次郎の方に向かっていく。そして、小次郎の容態を看ている。小次郎が打ち負かされたとの声が潮騒の中で聞き取れた。

弓隊に命じ、武蔵を射止めよとの声がそこここで発せられた。


だが、武蔵はすでに沖合にいたのである。


その本の出だしは、白隠の厳しい叱咤で始まったはずであるが、三分の一ほどめくったところでは、何と宮本武蔵が登場している。作者は、次いで武蔵の合理的な思考と闘いにおける見事な心構えを絶賛していた。戦術を練るにあたって感情を捨てきり、合理的に考えぬいた末の戦法に身を任せきっている。失敗やその結果の死への雑念など微塵もなく、自らの合理的なシミュレートの結果得られた生死を賭したタクティクスに全てを委ねている。武蔵自身「無念無想の打ち」と称し、そこには何の疑念も怯懦も雑念も無い。

武蔵の『五輪の書』を読むと、禅の悟りに到達した人物（老僧＝仏陀と同じ悟りを得たとされる禅僧）の手になる書物なのではないかと錯覚させられる。いやそれは錯覚などではない。事実、武蔵は禅を組み、自ら与えられた「公案」（日常茶飯では答えの得られないメタななぞなぞ）の答えを探り、その結果の正しさを実践において証明した。命を賭したその繰り返しが、武蔵をして悟りに至らしめたのだ。

心中は常に若冲《じゃくちゅう》がごときである（心に何のわだかまり、障り、業想念、囚われがなく、自然の理に沿い、恬淡《てんたん》としている）。つまり、心は世俗のあらゆるしがらみから解き放たれて、自由無碍《むげ》、自然放爾《ほうに》、無為自然である。人智を尽くし天命に任せる。その結果死ぬるならば、死ぬだけだ。天に任せきり、天の命に従う。だから、予期的な恐れも不安も緊張もない。一心に立合いに集中し、力みも雑念もなく、無念無想の打ちを実行した。

以上の武蔵の章における作者の意図は容易にわかる。いかなる場合においても合理的に考えよということだ。常に、感情に左右されず、頭を使えということ。言い換えれば、感情・心によって考えて判断せず（心で考えるなどという芸当など誰も出来はしない。心は感ずる、感じ入るだけなのだ）、頭脳によって考え、判断せよということである。当たり前だと思われがちだが、実際のところ多くの人々は合理的思考をせず、感情によって考え、判断している。

ものによっては頭脳を駆使しているかのようにみえるが、その多くは、特に自分にとって不都合な事柄に対し、感情によって判断し、結論を下し、やみくもな反論を繰り返す。

いや、反論にさえなっていない。論拠を示さず、ただ反対しているだけなのだ。

つまり作者は、数々の最新式の電化製品に囲まれ、パソコンや電子端末を使いこなしていると称する現代にありがちな人々（その多くはインターネットでのブログかショッピング程度にしか使ってないのである）が、自らを科学の信奉者と見做《みな》しながらも、その実は論理性のかけらも見えず、当たるが幸いの感情的思考・判断しか行っていないという事実を批判しているのだ。作者に言わせれば、賢さで比較的程度のよい猿に電化製品をあてがい、使い方を一通り教えて曲がりなりにも使いこなせるようになった段階で、何種類かのバナナを選択させた場合に等しいというのである。熟しつつある緑がかったバナナ、黄色く食べ頃を迎えたバナナ、熟して甘く軟らかいが皮をむくと黒ずんでいる部分があるバナナ。大きいが原種に近く種だらけのバナナに小ぶりながら高級なフルーツパーラーでしか味わえないバナナなどなど、その中から好きなものを取らせる。

どのバナナを取るかは猿次第。その全てを持ち去る猿もいるであろうし、全ては猿の欲求次第である。理屈ではなく欲求、人間でいえば欲求プラス見た目と大きさだ。どういう理由からそのバナナを選んだのか尋ねるのはオカド違いである。まず、知識がないし、したがって論理的な説明もできない。感情のおもむくままに感覚で選ぶだけだ。

近頃の人々に、感情ではなく知性により合理的判断を求めるのは無駄に等しい。感情や心の類いで考え、判断する人間に理屈は通じないし、彼らに合理的な理由を求めるのはそれ自体間違っている。人々は日々感情的思考と心による判断で生きている。彼らに宮本武蔵やデカルトの話をしても、内容以前に言葉として通じない。

作者のため息と諦念ともいうべき絶望感さえ伝わってくる章であった。

次いで、ページをめくっていくと次のような文面が現れた。私は更に大きな違和感を覚えた。何と宇宙人（生物）及びＵＦＯに関わる内容であったからである。ただし、前章の宮本武蔵に関する論考を別の観点から展開しようという意図が読み取れた。作者は言う。

周知のごとく、「地動説」はコペルニクスによって発見された。これにより、後の科学の発展が可能となったのであり、物事を全く逆の視点から捉えるという意味で、しばしば「コペルニクス的転回」という言葉が使われる。

コペルニクスは、その主著「天球の回転について」を、一五四三年に自身が死期を迎えるまで出版させなかった。彼は、知事やいろいろな役職を歴任するとともに、キリスト教会の高位の司祭でもあったからだ。一物理学者にすぎなかったガリレオとは、置かれていた立場・状況が異なる。コペルニクスが現役（存命）中に「地動説」を唱えようものなら、その社会的影響や当人とその家族らにもたらされたであろう悲劇は想像さえつかない。

それ以後、いや、現代においては、誰しもが「地動説」であると当たり前のように考えてきた。あまりに当たり前すぎて、それを考えることすらなかった。

しかし、実際はそうではない。一部の者を除き、科学者でさえ、未だに「天動説」によって考えているとしか思えないのだ。


我々人類は、自分たちを「地球人」と名乗る。当たり前だと言われるであろう。

約百三十七億年前に誕生した球体と思《おぼ》しきこの大宇宙の中に、何億あるとも知れない島宇宙、これは別名「銀河」とも呼ばれる。地球があるのは銀河系島宇宙、天の川銀河である。これは誰でも知っていることだ。

肉眼で確認できる銀河のひとつとしては、地球から二百三十万光年の距離にあるアンドロメダ銀河がある。このアンドロメダ銀河は、我らの天の川銀河より大きく、直径で約二・五倍ある。この銀河を構成する恒星の数はおよそ一兆個とされている。この恒星の周りを公転する惑星まで合わせると、大雑把にいって（大きく数字がはずれていても、何ら問題ないくらい、大きな数を扱っているのであるが）十兆個以上の星・天体の集まりである。このアンドロメダ銀河一つをとっても、その大きさや星の数やら、日常を平凡に生きている私などには理解の範囲をはるかに超えている。数値を聞いても認識できないのである。我が銀河系宇宙やアンドロメダ銀河のような渦巻き型の他、いろいろの形態の銀河があり、宇宙全体の銀河の数は判っていない。この巨大な銀河が一千万個あるとする説や、二千億個あるとする説もある。

アンドロメダ銀河一つでもその大きさや構成する天体の数は理解不能である。その銀河が二千億個あるといわれても、人間の認識の限界をはるかに超えた消息の話である。さらに、その全銀河を構成する天体・星の数となると、文字通り天文学的数字で、数を推計することと自体無意味である。

宇宙が誕生し、光が発せられた空間は、地球から数千（一説には四千）光年先であったとされる。普通なら、その光は数千万年で地球に到達するはずであった。しかし、光速をはるかに超えるスピードで宇宙が膨張したため、その光が地球まで届くのに数十億年を要した。

この膨大な数の全宇宙の銀河の中でも、我が銀河系宇宙は、ごくごく平凡な位置と大きさ、形状を持つ島宇宙である。この銀河系宇宙には、恒星が二千億から四千億個あると推定されている。太陽系の「太陽」は、勿論そのうちの一つにすぎない。

この銀河系を卓上に収まるくらいに縮小して、上から顕微鏡で念入りに観察したなら、運がよければ一ヶ月ほどで、太陽系宇宙を見つけることができるかもしれない。広大な銀河系宇宙、その隅っこに確認できる小さな星の小集団、太陽系。第三惑星である地球から太陽までの距離は、光の速度で平均八分十八秒。太陽以外の一番近い恒星、ケンタウルス座の「プロキシマ」まで約四・二光年。お隣りに行くだけで、光の速度で四年である。

地球、いや太陽系全体でも、大宇宙との比較などサハラ砂漠全体と砂漠の砂の一粒との比較、いや、それにすら及ばないであろう。比較するということ自体に意味がないのである。

銀河系の中でさえ見つけるのが困難な太陽系、その中の恒星から三番目の天体には生命体が存在する。

全宇宙の無数とも言える恒星の周りを回《めぐ》る、これまた無数とも言える惑星には、少なからぬ確率で生命体が存在することは、ごくごく必然的であろう。これは、宇宙の中では無に等しい大きさのごくごく平凡な太陽系でさえ、第三惑星地球に数百万種ともいわれる多様な種、生命体が溢れていることからも、及びこれまで天体観測などから解明された事実を基に推論した宇宙の状況、数学上の確率論からして、論理学における帰納法的にごくごく必然的に結論されるべきことである。

あなた方は、まさかと思うが、この途方もない大宇宙で、地球人類だけが唯一の人類であるなどと……、いや、そんなことを考えている人などいるはずがないではないか。私の絶望的なほどのペシミズムには我ながらあきれ果てる。

我々は、宇宙の大海に浮かぶひとつぶの泡のような、無にも等しい天体に生存している宇宙生物の一種にすぎない。生物として、まだまだ進化の途中であり、その証拠に、慣れない二足歩行に適応しきっていないため腰痛に悩む者が少なくない。科学はやっと目覚めたばかりである。地球に所有権がある化石燃料を勝手に使いまくり、温暖化が進行したと言って騒ぎまくっている。精神、心を持っているというが、生物としての本能に多くを支配されており、暴力的で、しばしば野蛮でさえある。いろいろな言葉で自分たちを「地球人」と呼んでいるが、宇宙で唯一の「人類」などと妄想する者さえいる。

いつの頃からか、自分たちが宇宙で唯一の「人類」であると考える妄想者が、この星のうえに蔓延《はびこ》ってしまった。それは言うまでもなく「天動説」の考え方だ。しかし、「地動説」に転換した後も、この考え方が思考するうえでの癖となって頭の中にこびりついていた。

その結果、近代科学が目覚めた時点でさえ、地球を宇宙の中心に置いて物事を考えるようになった。それも拙い科学で考えるものだから、しばしば信じがたい勘違いを繰り返してきた。

とにもかくにも、まず地球ありき。地球を宇宙の中心に位置づけ、観察し、観測し、思索した。このため、地球そのものがオーソライズされ、地球が全ての基準となった。観測し得る天体も、地球を基準に位置づけられた。方法論的にはそれで正しいのであるが、考え方の習慣が全てに及び、地球を広大無辺な宇宙の中心に位置づけて物事が考えられるようになった。

このことは、この地球生物に高慢さを与えた。自分たちだけが、この大宇宙を創造した神によって造られたものと勝手に考え、地球どころか、宇宙の支配者のような考え方を取り始めた。

だから、私は次のように言わざるを得ない。

人類は、いまだに地球中心の「天動説」によって考えている。

こうして、著作の真ん中あたりで作者なりの一つの結論を出したあと、これをさらに敷《ふ》延《えん》化して展開するつもりなのであろう。つづいてUFOについてのトピックを引用しながら次の章へと入っていった。この著作を第一章から順次読んではいないにせよ、冒頭の例の白隠の一喝から途方もなくかけ離れ、逸脱しているのではないかとの感をいだきながらも、私はとにもかくにも取っ掛かりが欲しいだけの一心でさらに読み進めていった。作者は次のように論じた。

多くの人々は、科学者を含め「質的判断」をしていない。「量的判断」の習慣が脳にしみこんでしまっている。「質的判断」とは何かというと、「あるものが、存在なのか非存在なのかの判断のこと」である。つまり、存在の有無について存在していることが合理的に説明できた場合、あるいは存在していることの客観的証拠がある場合には、そのものは一〇〇%（質的に）存在していると判断することである。

この場合、そのあるものについて、その組成・構成要素が分析不十分、分析不可能などであることは、存在の有無とは別の問題であることに注意していただきたい。数十光年先の恒星の内部の組成分析は不可能だからといって、見えているその星の存在を否定できない。それどころか、地球自体さえその構造・組成を正確に分析できているわけではない。が、確かに存在している。地球には、まだまだ未知の分野が多い。宇宙より先に世界中の全海溝を、南極の全容を明らかにする方が順序として先のような気がする。科学的に解明されているのは地球のごく一部にすぎない。だからといって、地球の存在を誰も否定しない。よく知らないのに見えているから在るといった幼児レベルの大した認識力だ。

これらは、いつの日にか科学的に詳細に分析されるであろうが、そのときを待つまでもなく、今、現に在る以上、「在る」ということにためらう者はいないであろう。たとえば、その客観的証拠がありながら、存在の可能性は五〇%、三三・三%あるいは九九・九%であるという命題はあり得ない。存在するとなれば、「質的に」ひたすら存在しているのであり、存在しないなら質的にひたすらゼロなのである。一〇〇%か〇%か、いや百分率のような量的要素は不要であり、在るか無いかの質があるだけである。

当たり前の話はしないでほしいとの非難が押し寄せてきそうである。

しかし、私から言わせていただくなら、この当たり前の判断を多くの人々ができていない。量的な要素を含みながら、混乱したかたちで、他人の判断に依存した判断が少なくない。また自分で真摯に考察もせず、考えたことすらもなしに、多分に感情的な部分で形成された判断が、日常的に行われている。「〇〇は存在する」という命題に対し、「いや、そんなハズはない。科学的にバカげている。その証拠を見せてほしい」というのが代表的なやりとりだ。

誤解をされては困るので、一応言わせていただくと、「〇〇は存在する」という命題（ある判断を言葉で表したもの）は、勿論、ものによりけりであって、その内容が、論理的に正しく飛躍がなく、客観的な根拠を持つものでなければならない。その主張をする者は、おそらくそれが正しい場合であれ、間違っている場合であれ、長い時間をかけ真摯《しんし》に研究したはずである。

内容の真偽はともかくとして、その主張者は、あるものの存在について研究をおこなったはずである。いきなり何の根拠もなく主張したとすれば、その人は思慮がたりないどころか、全くない人だといえる。

一方、即座に否定する側はさらに思慮に欠ける人種である。そうした人は論理を使わず、感情のおもむくまま判断を下している。何の知識もなく、研究したこともなく、興味すら持ったこともなく、即座に感情により判断している。

あるものの存在、非存在（たとえばＵＦＯ）についての議論を聴いていると、存在を主張する側の提出する資料・証拠は相手を納得させることはできないし、否定する側は批判するばかりで、ＵＦＯなどが存在しないという論証をいっさい行っていない。ＵＦＯなど、存在を立証できる可能性を秘めているが、一方、「ＵＦＯは存在しない」という論証は不可能である。誰か「ＵＦＯは存在しない」ことを理論的に実証していただけないであろうか。

水掛け論にもならないお粗末な議論であって、黒船の来航ではないが、実物に、正式に登場してもらわない限り、平行線のままであろう。おかげで、テレビ局ではこの話題を番組表の空きを埋める隙間番組として、しかもある程度の視聴率が見込める番組として企画できるわけである。

UFOの話題となったが、たとえば二〇〇四年六月一〇日午後一二時三〇分過ぎ、メキシコのハリスコ州グァダラハラ上空に数百の飛行物体が出現したことがある。警官など数百人が同時に、比較的長い時間、同一の物体を肉眼で目撃し、しかも複数のムービーやカメラなどで記録された事例を考えてみよう。

その物体は文字どおり「未確認飛行物体」であった。同時に目撃した人間の数、複数のメディア媒体に記録された状況などから、在るか無いかでいえば存在していたのである。

反論としては、複数の人間の目撃については「集団催眠」状態が考えられるが、そこで交通整理をしていた警官からはじまり、移動途中の車中の人々、たまたま通りかかった歩行者、商店主や客、近隣のマンションの住人などが、おのおのの場所から異なった角度で目撃している。この状況は、「集団催眠」説では説明・論証困難というより、この説の適用が不適当であることを示している。

この事例では、大きさ、形状の異なる一つの飛行物体に、他の飛行物体が次第に集まりはじめ、同時にホバリングの状態から、常識を超える加速で飛行し、かなたに消えていった。このような飛行が可能な航空機としては、たとえばＶＴＯＬ機のホーカー・シドレー・ハリアー、最終型ではハリアーⅡというジェット戦闘・攻撃機があるが、ジェット噴射ノズルの方向を変え、ホバリング状態からフルスロットルで加速状態に入ったとしても、このような飛行は不可能である。

高性能のロールス・ロイス・ペガサスエンジンを二基搭載しているが、特殊な構造のため亜音速しかだせない。つまりマッハ1の速度には達しない。仮に、映像にあるような超常識的な加速がおこなわれたとしたら、測定不能なほどの加速Gのため機体が微塵に分解するとともに、搭乗員は数十トンのGの圧力で押しつぶされているはずである。

目撃情報をあげればきりがないが、一九五四年六月、当時のイギリスの航空会社BOCA機のUFO遭遇事件も有名な話だ。ボーイング377ストラトクルーザー旅客機が、ニューヨークのアイドルワイルド空港を離陸し、ロンドンに向かって飛行中、同旅客機のハワード機長は上空を飛ぶ巨大な葉巻型のUFOとその周囲を守るように飛ぶ小さな六機の小型UFOを目撃した。

同機とそのUFOとはしばらく平行して進み、やがてカナダのニューファウンドランド上空において、スクランブル発進したアメリカ空軍の戦闘機が接近すると、小型UFOが葉巻型の母船内に収容されるとともに母船が縮小し、やがて飛び去った。なお、この遭遇の状況は、同機の他のパイロットや乗務員、乗客によっても目撃された。

これらは、いわゆる専門家によりプラズマなどの自然現象として分類されたが、プラズマの専門家はUFOの専門家ではない。これらの一連の動きと形、小型UFOが葉巻型の母船内に収容されたという状況をプラズマといった自然現象であるなどと臆面もなく分析するなど、精神構造が分からない。

「質的判断」としては、それらは確かに目撃されたとおりに存在したということである。それが、何ものであって、その構造、組成物質が何であるかなどということは、現代科学では手も足もだせない消息の問題である。まだ、人間の成長過程でいうと、はいはい程度にすぎない現代科学の出番などない。ライト兄弟が十二秒間の史上初の飛行に成功してからまだ百数年しか経っていないのである。

「質的判断」の重要性は、「そんなハズはない」、「認めるわけにはいかない」といった論理性とはかけ離れた「感情による判断」を払拭《ふっしょく》することにある。人間誰しもが、潜在意識の中で「認めたくない事実」「不都合な事実」というものを持っている。生活の中で必要なのは平穏さ、昨日と変わらぬ常識が通用する毎日なのであって、それがくつがえることに異常なほどの恐怖感をいだいている。

だから、「認めたくない事実」に対し、恐怖心を根底に持つ感情により否定する。否定することで安心感を得る。否定することは、また容易《たやす》いことでもある。感情で否定しながら「そんなことは、論理的、科学的にありえない」と平気で口にできる。「質的判断」とは、それが何ものであり、その構造、組成物質を解き明かすことを求めていない。ただ、対象の存在、非存在を論理的に、または客観的根拠により判断することである。その際、一切の感情的要素を排斥するものである。

近来の地球における科学文明の進歩は目をみはるものがあるが、千年後の地球人類から見れば黎明期にすぎない。つい三〇年ほど前は、ワープロではなく和文タイプであったし、計算機も液晶・太陽電池式ではなく、大型の機械式「タイガー計算機」であった。

だから、「論理的に存在しない」という言い方は成り立つが、「科学的にあり得ない」という言い方は、はるか未来の進んだ文明世界でさえ、宇宙のごく一部の分野にしか使えないであろう。

以上がその趣旨であるが、私がこの著作の一部で印象に残ったことといえば、心、感情で考えず、あるいは自己都合で安易な判断はしないこと。つまり感情的な要素を排除し、頭脳、論理を駆使して合理的に考えるということである。自己都合による感情的判断。これは私自身でも確かに身に覚えのあることだ。

ろくろく考えてもみたことのないこと、いわんや研究もしたことのない事柄に対して、感情で考え、判断し、臆面もなく反論したりすることがある。これは事実であって、反省すべき点は山ほどある。この頭脳に染み付いてしまった癖こそ文字通り曲者《くせもの》である。誰しも陥りがちなものの見方、ステレオタイプ。あまり誉められた話題でもなく、また論考においてめざましい成果も感じられないが、これは問題への取っ掛かりになりそうだ。

それと宮本武蔵。これは合理的判断を行ううえでの範となりそうだ。命を賭して合理的に考え、実践し、さらにそれを一つの思想にまで昇華させた武芸者、宮本武蔵。

このとき、武蔵から連想したものなのか、ふと映画「たそがれ清兵衛」のことが頭にうかんだ。頭にうかんだということは、待ってましたとばかりに私の潜在意識のプールから引き上げ、顕在意識のなかで考えるべきこととして、私自身の無意識の領域が判断したものかもしれない。

いずれにせよ、五里霧中の真っ只中で、わずかに見えた道しるべなのか。あるいは混沌たる漆黒の闇の中に引きずり込むための罠なのか。だが迷っている暇《いとま》はない。このままでは、自分の立っている位置もわからず、ひどい濃霧のなかで地べたにへたりこんで座ったまま動かずにいるか、あるいは視界が極めて乏しいなかで堂々巡りをするしかないであろう。それを避けたいのであれば、その道しるべらしきものを頼りに進んでいくしかないのである。

第3章

「たそがれ」

映画である。

「たそがれ清兵衛」は、ご存じのとおり、これを表題作とする藤沢周平の短編小説集に、同じく短編小説「祝い人助八」「竹光始末《たけみつしまつ》」を含めて原作とした山田洋次監督による松竹映画である。

この映画は、二〇〇二年度の第二六回日本アカデミー賞では、助演女優賞を除くすべての部門で最優秀賞を獲得し、二〇〇三年度の第七六回アカデミー賞において外国語映画賞にノミネートされるなど、海外でも高い評価を受けた時代劇映画の傑作である。

私は、もっぱら洋画鑑賞が主で、「ルパン三世～カリオストロの城」以降ファンになった宮崎駿監督のアニメ映画以外の邦画はめったに見ない。この映画を見たいと思ったのは、藤沢周平のファンであったからであり、山田洋次の脚本・監督であれば、映像の中で藤沢周平の世界にどっぷりと浸《つ》かれるだろうと考えたからである。

この映画は、映画化そのものが難しいといわれる藤沢周平の時代小説を超えており、なおかつ、これに続く「隠《かく》し剣鬼《けんおに》の爪《つめ》」は、私の心を惹《ひ》きつけて離さなかった。特に、妥協を許さないそのリアリズム、一五〇年前の先人たちはかくのごとく考え、生きていたであろうことを彷彿とさせる自然な生活感。これこそ藤沢周平の世界である。

邦画の時代劇では、黒澤明監督・脚本（共作を含む）の「七人の侍」「用心棒」「椿三十郎」をもって最高傑作と考えていたが、今や私にとっての時代劇映画五大傑作となった。

この映画では、とりわけラストの清兵衛と余吾善右衛門《よごぜんえもん》との対話、そしてそれに続く死闘の一部始終が、心をゆさぶり、忘れ得ぬ記憶として残り続ける。

余吾善右衛門は、浪人として妻と幼い娘を連れ、仕官先を探して何年も放浪し、「つて」を頼りに庄内地方の海坂藩《うなさかはん》にたどり着く。はるかなる旅の空の下、愛する妻を労咳《ろうがい》（肺結核）で亡くし、仕官後も、花盛りを迎えつつあった美しい一人娘をやはり労咳《ろうがい》で失った。

このような、苦行ともいえる人生を余儀なくされてきた善右衛門は、一心に、衷心《ちゅうしん》から藩のために尽くした。にもかかわらず、合点《がてん》がいかない切腹を命じられる。不遇を生きる清兵衛と善右衛門は、お互いに共感する。清兵衛の妻も労咳に苦しみ、その治療代を借金、内職でしのいでいたが、それでも足りず米櫃《こめびつ》の底が見えたこともあったという話に、余吾善右衛門は自分の身の上を重ね、同情もした。

しかし、海坂藩随一の一刀流の使い手を自負する善右衛門は、やむを得ず刀を手放し、竹光《たけみつ》でのりこみ、小太刀《こだち》（脇差し）で自分を斬りにきたと言う清兵衛に、決定的にプライドを傷つけられる。善右衛門は激怒し、呼び方も「おぬし」から「たそがれ」にかわっていく。

そして、両者の死闘が始まることになる。

「おぬし、竹光《たけみつ》でわしを斬るつもりだったのか」

「そうではがんせねぇ。あんたとは小太刀《こだち》で闘うつもりでがんした」

「小太刀。そんな小手先の剣法でわしを殺すつもりだったのか。おぬし、わしを甘く見たな」

「お待ちください、余吾《よご》どの」

「赦《ゆる》さん。小太刀を抜けっ、たそがれ」

「落ち着いて考えれ。その体では、すぐに息があがってしまうぞ」

「馬鹿にしおって」

「今です、逃げるのは」

「お前を斬ってからだ」

「ほんとうに斬るぞ、それでもいいのだか」

「結構だ」

「今からでも遅くねぇー、考え直せ。藩命《はんめい》により、私は、あんたを殺さねばならねぇ」

「藩命だと。わしはその藩につくしてきたのではないかーっ。早く、小太刀を抜け、たそがれ」

「…抜くぞ」

「……」


「わしを、斬《き》りおったな、たそがれ」

「……（余吾《よご》殿は己を見失い怒りに駆られている。……追い詰められたか……だが、死ぬわけにはいかん……）」

「観念しろ、たそがれ。わしを甘く見た報いだ」

「余吾《よご》どのーっ……うえい、たぁーっ……」


「……うっ…（迂闊だった、太刀が梁に突き刺さるとは……小太刀が有利なわけか……が、これも常命…か）」

「はぁ、はぁ、はぁ……（余吾《よご》どの）……」

「まぁ、こっちにきて……座らんか。……わしを…逃がしてくれるか……たそがれ」

「私は、はじめから、そのつもりでがんした」
「死んだ娘の骨だ……ボリッ…ボリッッ……（血が垂れ落ちる、体から抜けていく）……（が、たそがれに討たれて死ぬるなら、本望かも知れん）………（失血したか）だんだん…暗く…なってきた。……なに…も…見えぬ……たそがれ。……地獄…だ。……た…そ…が…れ……」

台詞の文言・表記・順序は、同映画の完璧な台詞とは異なる。その責はすべて拙き筆力の著者にある。著者の意図は、「たそがれ」という言葉が、決闘での憎しみの念を超え、落命する直前にこの世での最後の「友」への呼びかけ、救いへの祈りかけに変わり、以下に示すように「たそがれ」という言葉が日本人が普遍的に持つ原風景であることへと導きたかったことにある。

たそがれは、黄昏《たそがれ》のことだ。日本人は夕日、夕焼け、夕暮れを愛する民族である。朝の「かは（わ）たれ時」より夕方の「たそか（が）れ時」を、なぜか愛する。いずれも暗く、彼《か》の者がたれ（誰）か判《わか》らぬ頃。

夕方、たそがれ時、子どもの頃に家路につきながら、父や、友と歌った「ゆうやけこやけ」がなつかしい。「……カラスといっしょに帰りましょう」カラスはその頃愛されていた。

「ぎんぎんぎらぎら夕日が沈む、ぎんぎんぎらぎら日が沈む……」この歌もいい。

わけはわからないが、ほっとするのだ。癒されるのだ。（お天道様が沈んでいくさまに、世の無常さを感じ）悲しくなるのだ。山々は、午後の陽光に照らし出された山容《さんよう》から、沢や、起伏に、徐々に陰をつくり出す。時間のうつろいを感じる。そして、夕暮れ時、空を背景に、切なく美しいシルエットに変わる。

日本人は、世の無常を感じる。こればかりはどうにもならない世の無常を感じ、はかなさに人間の置かれた宿命を見る。物心ついた頃から、心の奥底で悲しみ、あるいは心に葛藤を覚え、また、人生についての根本的な苦悩を味《あじわ》わされる。そして、「しょうがない」と受け入れる。諦《あきら》めきれずに諦めるのだ。

祇園精舎《ぎおんしょうじゃ》の鐘の声　諸行無常《しょぎょうむじょう》の響きあり　沙羅双樹《しゃらそうじゅ》の花の色　盛者必衰《じょうしゃひっすい》の理《ことわり》をあらはす
おごれる人も久しからず　ただ春の夜の夢のごとし　たけき者もつひには滅びぬ
ひとへに風の前の塵に同じ（平家物語、冒頭）

ゆく河の流れは絶えずして、しかももとの水にあらず。よどみに浮かぶうたかたは、かつ消えかつ結びて、久しくとどまりたるためしなし。世の中にある人とすみかと、またかくのごとし（方丈記、冒頭）

日本人の無常を感じる独特の感性。はるか昔からそうなのだ。それは、太古からDNAレベルで引き継がれ、結局、私にも根付いている。

私は、中学から高校にかけて富士山の麓《ふもと》に住んでいた。すっかり夕暮れて、閉館時間を迎えた図書館からとび出したとき、ぬっと峙《そばだ》つ巨大な赤い偉容《いよう》に驚かされたことがある。雲一つないコバルトブルーの空から、切り抜かれたようにそそり立つ「赤富士《あかふじ》」であった。

あまりの近さとその大きさから、全体を視界に入れるために首をそり返さなければならないほどだった。それは、言い表しようのない驚きと深い感激であった。年に一度、数十分だけ現れるとされる富士山の「彩雲《さいうん》」を目《ま》の当たりにしたときの、奇跡のような彩りと静けさに包まれたかのような感動さえもはるかに上回るものであった。

もともと、我が日本には、必然的に生じたともいうべきアニミズム（「精霊信仰」「汎霊《はんれい》説」「万物、森羅万象《しんらばんしょう》に神がやどるとする考え方」）がある。

日本特有の季節変化、深山幽谷《しんざんゆうこく》からいきなり海に直降《ちょっこう》する細長い独特の国土、限りない起伏の変化、林から森へ、森から幽玄なる暗い山々へと続く里山《さとやま》の径《みち》。その径を一歩分け入れば、精霊、神々のおわす世界なのである。樹齢何百年とも判らぬ無数の樹木が国土を覆《おお》う。その足下には、湿気に絡《から》みつかれたような緑の苔《こけ》が、根といわず、枯株《こかぶ》といわず、岩といわず、この国を這《は》っている。

すべてに霊命《いのち》がやどっている。自然といわず、日々を送る住まいの佇《たたず》まいの中、暮らしの什器《じゅうき》にさえも霊命がやどっている。毎日手にする洞窟の岩盤から切り出された硯《すずり》、祖母のそのまた祖母が、庄内、遠野《とおの》から買ってきた古びたこけし、長年愛用した釜戸、その窓の外で「あわれ」の極みで鳴く閻魔蟋蟀《えんまこおろぎ》。

西洋の宗教での唯一神、一なる神は、日本人にはなじめない。よそよそしく、現実的でない。周りを霊命にかこまれ、そのうちに生をもらい、生を生き、そのもとに還《かえ》ること、これが日本人の生きる現実である。

「たそがれ」という言葉は、単に優れた映画に登場した「せりふ」以上に魂の彼方から日本人の心にうったえかけてくる言葉だ。

私は、好きな映画は何度でも見る。毎日、毎日、それが二月《ふたつき》、三月《みつき》に及ぶ。

ジョージ・ルーカスとスティーブン・スピルバーグが、黒澤明の「七人の侍」を五〇回以上見たという話は有名だ。三時間を優に超す長さのこの作品は、欧米ではオデッセー（叙事詩）と呼ばれることもある。フランシス・フォード・コッポラをはじめ、多くの映画監督に影響を与えた映画の「教科書」のような作品だ。

ここには、映画をおもしろくつくるためのハウツーが凝縮されている。スピルバーグは、映画づくりに行き詰まると、必ず「七人の侍」を見た。事実、アカデミー賞を受賞した「プライベート・ライアン」は、「七人の侍」の主な舞台となった戦国時代の谷底のような農村から第二次大戦のノルマンディーに舞台を移した、正真正銘の「七人の侍」のリメイク版だ。

ジョージ・ルーカスもまた、多大な影響を受けた。例えば、広大な宇宙を主人公とともに旅する二体のロボットのモデルは、黒澤作品に登場した俳優千秋実《ちあきみのる》と喜劇役者藤原釜足《ふじわらかまたり》のデコボココンビである。ボス敵ともいえるキャラのヘルメットは、「七人の侍」で登場した落ち武者の何人かがかぶっていた兜から発想を得ており、最終的には伊達政宗の兜が原型となったとされる。

ところで、つまらぬことではあるが、「七人の侍」に続く「用心棒」で、主人公が姓名を尋ねられ、三十路の後半で、窓外から桑畑が見えたことから、「桑畑三十郎」と名乗る場面がある（「椿三十郎」の原型である）が、その桑畑の所在地は我が山梨県旧東八代郡境川村である。

ときに、「たそがれ清兵衛」とこれに続く「隠《かく》し剣鬼《けんおに》の爪《つめ》」に登場した田中泯《たなかみん》氏は、私の最も尊敬する人物の一人である。舞踏家として国内、外で高い評価を受けている一方で、役者としての演技にも瞠目《どうもく》させられた。

特に、「隠し剣鬼の爪」での戸田寛斎役の演技には驚かされた。何という強靭な脚力、武道の達人のごとき、ぶれない正中線と重心、間合い、さばき、かわし、打ち込み、佇まい。世界的舞踏家である氏の身体能力とその芸術性の高さは、さすがというしかない。

この田中泯氏は、山梨に舞踊資源研究所／本村を設立された。本県に住まわれているのである。実は、十数年前になるが、私は氏とお会いする機会があったのであるが、状況が変わったため、ついにお会いすることができなかったことがある。

当時、私は「峡中○○事務所」という所属でリーダーという立場にあったが、本課の職員から田中泯氏とのコンタクトをとってほしいとの話があった。私は指示待ちの状況にあったが、その後、何らかの理由で立ち切れとなってしまったのである。

私も武道が好きだ。中学入学とともに剣道を学んだ。また、ちょうど三〇歳の時に少林寺拳法の道場に入門した。現在はといえば、木刀の小太刀《こだち》を用い、この二つの武道のよいところを活かし、文字どおり「我流《がりゅう》」と称して、時に応じて稽古をしている。まぁ、自己満足の世界である。

さて、私の「たそがれ清兵衛」のDVD観賞回数が増えるにつれ、独《ひと》り言《ごと》を言う際に、その語尾に「たそがれ」を付ける習慣が生まれた。頭にしみ込んだこの言葉は、(映画の登場人物にすぎない)余吾善右衛門への哀悼《あいとう》の念を私に感じさせ、また、日本人の「たそがれ(黄昏)」好きの原風景を私に見させてくれるのだ。いや、今や単なる口癖となっただけだが、ある種の怒りの気持ちを静めてくれる癒しの効果がある。

誰にも聞かれぬ独り言には、必ず「たそがれ」を付ける。

「月曜、出勤だというのに、この体のダルサは何だ、たそがれーっ」

「日本海に向け、ミサイルの発射実験だと。ばかもの、それが、いやしくも一国家のすることか、子どもかお前は、たそがれーっ」

「なんだ、この選挙は。文民大統領に投票した国民の意思はどうなるのだ、都合のいいように票数を操作している、軍人政権のばかものが、たそがれーっ」

「二酸化炭素の売り買いとはどういうことだ。それでは一向に温室効果ガスが減らぬではないか、どんな了見をしているのだ、地球をカネで売り買いしているのか、たわけものが、たそがれーっ」

これがずいぶんと助かっている。すっきりするのだ。精神衛生上、このうえなく効果的なのだ。

いや、心は大事である。すべては心しだいと言っていい。心こそ、地獄と極楽、煉獄《れんごく》と天国のつくり手である。地獄も天国も己《おのれ》の心のうちにある。心のうちでつくられる。心のうちで行き先が決まる。

国と正義のために生き、その過労により失明したイギリスの詩人ミルトンの詩の一節は、あまりにも有名だ。

「心こそ、己《おの》が世界の住み処《か》なれ。己が心の地獄をも、光目映《まばゆ》き天国に、また、己が心の天国を、不浄の地獄に変えるものなり」(著者意訳)

日本人と欧米人とを比較する場合、脳機能局在論《のうきのうきょくざいろん》に基づき、右脳・左脳のどちらが優位脳である割合が高いかなどという分析が行われることがある。それによって、自然や事物に対する感じ方が異なるという考え方で説明されるのであるが、未だ完成された理論ではない。

この理論が精神疾患の治療にも使われることがあるが、個々人の症例や治療部位の相違、回復の過程の差違など、単純にこうした理論で人間の感性や悟性のありかたが決まるものとは思えない。全く同じ脳の構造を持っている人間が、すべて同じように感じ、判断し、行動するものだろうか。

確かにそうした要素は無視できないが、たとえば民族間の感じ方の相違を比較しようとするときには、長い間蓄積された、ものごとに対する見方・考え方の習慣、いわば民族の中に長年にわたってしみ込み、DNAレベルで遺伝するのではないかと思われる「思考習慣」が少なからず影響するように感じられる。

もっと言えば、心理学者ユングが唱えた、個人の無意識である「個人的無意識」が、さらに深い層である民族などにおける共通意識の基底ともいうべき「集合的無意識」に根ざしているという説が、右脳・左脳論などを補完するのではないか。

各民族ごとに、はるか昔から宗教やそれに基づく自然観、宇宙観によって営まれてきた感性・認識があり、それらがいわば蓄積された意識体である。日常生活の中で体験する苦痛・苦悩から逃れるため、あるいは解放されるために、心・精神を集中して行ってきた神や精霊や超自然的存在への祈り・儀式など、その民族特有の考え方が集合的無意識というプールに溜め込まれてきた。そして、この集合的共有意識に根ざす個人的無意識が、民族独特の感性などに関与しているのではないか。

朝の「かはたれ時」か、夕方の「たそがれ時」か、欧米人はどちらにより感動を受けるのか。

最も印象的に思い浮かぶのは、モネの「印象・日の出」である。印象派の語源ともなった作品だ。この絵は、モネがイギリスの画家ターナーの「ノラム城、日の出」を見て触発されて描いたとされているが、全体に受ける印象、タッチはそっくりである。ターナーでは、他に「コニストン高原の朝」などがある。

モネには有名な「睡蓮／朝」「セーヌ川の朝」「ルーアン大聖堂〜朝」などがあるが、朝以外の絵は光の強い時間帯に描かれている。積み藁《わら》の連作は、一日のうちの時間による光の変化に関心が置かれ、朝、昼、夕と、多くの作品が描かれた。

印象派後期（ポスト印象派）では、ゴッホがそのほとんどの作品をやはり光の強い時間帯に描いている。それ以外の時間帯は夜であって、傑作とされる「星月夜」「夜のカフェテラス」「ローヌ河の月明かり」などがある。ゴッホの場合、自ら入院したサン・ポール・ド・モーゾール精神病院の門限が夕暮れ前であったから、必然的に昼間か夜の作品になったということもあるが。しかしそのことが、夜景をゴッホの想像力の中で描かせ、結果として「星月夜」などの傑作が生まれることになったのである。

晩年の作品の背景には、自画像を含め、「うねるような」筆致が見られる。これは、ゴッホにおける自己の生き方及び周囲、世界観についての心境の変化が表れたものとされている。当時、ゴッホの作品は、気の触れた狂気の画家が描いたものとして評価の対象外とされていたが、その芸術性を高く評価する批評家も現れた。また、この頃、「赤い収穫」という作品が生前としては唯一売れた。こうした自分に対する高い評価、自分の作品が売れたという事実は、ゴッホを喜ばせるどころか、彼自身は、このことが画家を堕落させるきっかけ、始まりと考えていた。

ゴッホの作品にはほとんど下絵がなく、いきなりキャンバスに筆で描き始め、ほぼ一日一枚のペースで描いていた。しかし、ゴッホの絵は正気を失った画家がその狂気のままに描いた作品ではない。

たとえば、どう見ても星や月が異常に明るく、夜空とともに大きく渦まいている「星月夜」という有名な作品がある。この絵は、作者がイマジネーション、インスピレーションのおもむくままに描いた作品と受け取られがちである。狂気が表された作品であると当時はみなされていた。しかし、綿密な下絵が準備されていたのである。その構図、色彩、明度による効果は、あらかじめ計算されていたのであった。この大胆な作品は、ゴッホの狂気が表れた作品どころか、画家としてのモチーフの選択とその表現方法、技法などが緻密に計算された正気の天才が描きあげた絵なのである。

同時代の音楽では、例えばラヴェルの「道化師の朝の歌」「夜のガスパール」がある。が、これはモチーフまずありきによる作品で、検討資料には入らないであろう。

これらの例は、私が作為的に挙げたものではなく、思いつくままに列挙しただけであって、また、これをもって、欧米人が朝と夕とどちらにより感動するのかを論証しようとしているわけではない。

印象派のモネ、これに続くゴッホを取りあげたのは、時代的にチューブ絵の具が開発され、普及した頃だからである。これにより、画家たちは画室から解放され、外にとびだし、一日の好きな時間帯に、野外で油彩画を描くことが可能となった。当然、画家たちは、自由に、自分の好きな時間帯で描いたはずである。

他の画家たちも概観するに、圧倒的に昼が多く、朝、夜と続く。しかし、夕暮れ時、黄昏時が描かれなかったわけではない。それどころか、私がその画風を最も愛しているロシアの移動展派の画家レビターンにおいては、傑作とされる作品は、夕暮れ時、黄昏時を描いたものである。その中でも、「夕べの鐘」「ボルガ河の夕べ」は突出している。

私は、レビターンの「夕べの鐘」以上に美しい夕景画を見たことがなく、「ボルガ河の夕べ」以上に叙情的な作品に出会ったことがない。

また、ドイツロマン派を代表するフリードリヒは、自然への畏怖心にあふれた、いわば悲劇的、宗教的な風景画を写実的に描いた画家である。しかし、やはり私が愛する作品は「宵の明星」「夕べの港の船」といった、夕暮れ時、黄昏時を描いたものである。特に、「宵の明星」に描かれた少年はフリードリヒ自身であって、彼の原風景が作品化されたもののようにさえ思われる。

ダ・ヴィンチが夕暮れ時に触れた言葉が残されている。

「人間を描くなら夕暮れ時に限る。人間の顔を最も美しく映し出すからだ」

これは、私個人の意見にすぎないのであるが、西欧人にとって、夕暮れ時、黄昏時は風景や事物を美しく、また劇的に見せる時間帯である。その意味で比較すれば、無常さ、はかなさといった要素は希薄であるように感じられる。

夕暮れ時、黄昏時は、白昼の頃の文字どおり白あるいは無色の強い光とは異なり、微妙な色調の光にあふれ、またソフトな光量が、昼ならば見過ごされてしまうであろう、自然の中からしみ出してくるような精妙な光の彩りを人間の目に映し出してくれる時間帯なのだ。

それは、たとえばコローのように、作品の全体に霧のかかったような効果を与える技法により、昼であるにもかかわらずソフトな光と輝き、影、色彩を生み出し、ありふれた風景でさえ叙情あふれる絵画に変えてしまう画家のテクニックの秘密に通じるものがある。コローは印象派の先駆者であり、印象派の画家たちに大きな影響を与えた画家である。コローによって育《はぐく》まれた印象派の画家たちは、コローの霧を吹き払い、溢れ出る光の中で風景を描いた。

しかし、印象派の画家たちは、その強い光に惑わされることなく、明るい光の中に、それまではあたかも人間の目が感じ取ることができなかったかのように、あらゆる彩りの色彩を見いだし、同時に反対色である微妙な補色までをもとらえ、表現したのである。

私が最も愛するロシアの画家レビターンは、フランスに留学し、コローとバルビゾン派の影響を受けたが、その作品は印象派的な写実画法ともいえるもので、コロー直後に現れたフランス印象派を見る思いがする。

思うに、欧米人における「たそがれ」は、世の無常さや儚《はかな》さなどによって喚起される切なさ、やるせなさ、もの悲しさといった心情的要素が日本人に比べると希薄であるように感じられる。欧米人における「たそがれ」は、芸術作品に見られる傾向として美的感性にうったえてくる要素が強く、個々人の心情にもたらされる感情的側面よりも、視覚的な美しさ、劇的効果といった客観的側面に、より多くうったえかけてくる要素なのではないかと考えられる。

さて、「たそがれ清兵衛」を取っ掛かりに論考を重ねてきたが、正直なところ、いつの間にやら方向を見失ったような気がする。あらためて自分が立っている位置、座標を確認せざるを得ない状況にたち至った。

ここは一つ、現在位置のズレを確認しつつ軌道修正を行ったほうがよさそうだ。それには、一度原点に戻るのも手であろう。白隠禅師について書かれた冒頭まで引き返してみるのである。

が、この著作の白隠ではなく、私がよく知る白隠禅師の他の著作をもう一度読み返してみようという試みである。テキストは、同じ白隠でも叱咤するばかりの白隠の書ではなく、慈愛にあふれ、病に侵された友人の僧をなんとか元気づけたいという一心で綴られた書簡である。

厳しい白隠禅師と表裏一体である観音のごとき優しさに満ちた白隠の著作である。観音は、禅宗において修行の中心となる禅堂の守護神とされている。座禅三昧であった白隠は、いつの間にか禅堂の主《あるじ》となったのではあるまいか。

それでは、この書簡を現代的にアレンジし、読みやすいよう私なりに意訳した文章をテキストとして論考を深めていきたいと思う。

第4章

病むときは病むがよろしく候

白隠が、病んでいる友人の禅僧に送ったとされる書簡は当時の文語調で書かれ、耳慣れない言葉もここかしこに登場する。これを今の時代において理解するには、現代に書かれた手紙文として再現する以外に、広く知られた心理学や西洋哲学から概念なり考え方なりを引用して補完する必要がある。

また、あくまで手紙・書簡であることを鑑《かんが》みるに、この章に限っては語調を「ですます体」で表したいと思う。

以下、白隠が遠方の病める僧に送った書簡である。

＊＊＊

貴僧《あなた》の病《やまい》が、どれほど重篤《じゅうとく》であろうとも、また、気分がすぐれることがなかろうとも、病《やまい》は病です。その病を気にされても、気にされなくても、何も変わるものではありません。

たとえ、四六時中病のことに捉《とら》われ続けたとしても、病のことなどどこかにうち忘れ果てたとしても、なにも変わるものではありません。病についての想いなど、この際どこぞに捨て去ってておしまいなさい。

病を治すのは、薬剤、薬物、薬石によってではありません。ご存じのとおり、唯一、あなたや私の中に、生まれつき備わった天然自然《てんねんじねん》の治癒力が、体の病を癒すものであります。この治癒力以外に病を治すものなどどこの世に二つとないのです。

であるならば、病そのものを、ひとつ自然のうちにお任せなされて、心おだやかに、正しくものごとを考え、観念されることこそが重要かと存じます。病《やまい》を病《や》む今こそが、自己を高めるまたとない機会だとお考えになり、悟りの道と信じ切り、禅の修行にお励《はげ》みなされるのが一番かと存じます。病のことに想いを向けず、あたかも病んでなどいないといった心持ちで日々を過ごされ、精進されることにまさるものなどありません。

もちろん、病についての観相《かんそう》（相とは「在り方」であり「状態」であり、究極的には「世界の在《あ》り様《よう》」である）を捨て去り、放下《ほうげ》し、打ち忘れて過ごすこと、これだけでも天《てん》然自然《ねんじねん》の治癒力をいかんなく発揮させるための最高の良薬であります。ですが、この無観相をさらに意義あるものとする観相をご存じでしょうか。

すなわち、徒《いたずら》に無念無想とばかりに心を空《くう》にするのではなく、逆に、ポジティブに「全き世界・宇宙の観（絶対的な平安・安泰にして、一見世界は「無常」と見えながらもその実相は不変・不増不減であるとの観）」で充たしきってはいかがでしょうか。無念無想とは逆に、この絶対プラスの観をもって心中に充たし、心でこの観について審念熟慮《しんねんじゅくりょ》、三思《さんし》九思《きゅうし》、千思万慮《せんしばんりょ》するわけであります。

　因が縁に触れ果として現れている姿である病、まさに消えんとして現れております「病」などのマイナス想念を、一切捨てに捨てて、捨てきって、足下《そっか》の土くれのど真ん中に投げ捨て、放下《ほうげ》されてください。そうして、空《から》っぽになった心の中を、「完全・十全なる全き世界・宇宙の観」で充たすなら、心中忽《しんちゅうたちま》ちにして「常楽我浄《じょうらくがじょう》」の四徳に充たされるのであります。

「全き世界・宇宙の観」、「常楽我浄の観」に比べれば、古代希臘《ぎりしゃ》国の哲学において真善美から成るいかなる徳といえど、色あせて見える程度の観相にすぎません。日常の行住坐臥《ぎょうじゅうざが》は言うに及ばず、夜間にあっても臘八大接心《ろうはつおおぜっしん》（釈迦の悟りに肖《あやか》って行う七日間不眠不休の禅三昧の修行）の気概《きがい》を持って心中《しんちゅう》をこの観で充たしていただくことができますれば、大接心《おおぜっしん》の期間が終わるほどの間に治らぬ病などないのであります。

　そこで貴僧に是非とも勧めたき病快癒《かいゆ》の方途《ほうと》こそ、「十句観音経《じっくかんのんぎょう》」の読経《どきょう》であります。この十句観音経こそ古今多くの難病奇病を完治させた真《まこと》に有り難き経文であり、その功徳から「延命《えんめい》」の二字を冠し、「延命十句観音経《えんめいじっくかんのんぎょう》」として老僧が弘めている経であります。

また、この経には、磐石《ばんじゃく》の健康体をつくり出し、病の完癒《かんゆ》に不可欠な「心気（浩然《こうぜん》の気）」をその身に養うという力が宿されています。すなわち、人間の中心である臍下丹田《せいかたんでん》のある下腹部から足裏の中心（気海丹田腰脚足心《きかいたんでんようきゃくそくしん》）にまで心気・気血《きけつ》を充たし、病の入る隙《すき》をつくらないどころか、病そのものを完治させるものであります。

どうか、拙僧にだまされたと思い、一心にお唱えいただきたい次第であります。

世間では、この経文を、梵字《ぼんじ》にテキストのない偽経《ぎきょう》と申す、型にはまりこんだ説も折に触れ耳にいたすところでありますが、効果あっての経文《きょうもん》であり、読経《どきょう》であります。現世利益、功徳《くどく》のない読経など唱えても暇つぶしにもなりません。形ばかりの無駄ごとであります。

このわずか四十二文字の経文には、観世音（観音）の三文字が三度登場いたします。観音への祈りの教典であります。観世音（観音）に一心に帰依《きえ》し、任せきり、一心にその名と経文を唱えることにより、彼の観音力《かんのんりき》によって、常楽我浄《じょうらくがじょう》の四徳を得られるものであります。

この常楽我浄の四つの功徳については、説明するまでもありません。

ご存じのとおり、この現世、私どもの生きる世界、つまり娑婆《しゃば》は、諸行無常《しょぎょうむじょう》であります。万物、すべては片時も留まらず、移ろい続け、私どもは、日々生老病死《しょうろうびょうし》、愛別離苦《あいべつりく》のさまざまな事象が起こる世界に生きております。まさにこの世は無常であります。

常楽我浄とは、この現実である諸行無常を超えて、この世は無常でありながら、これを超越して心中《しんちゅう》常に「常」のうちに生き、この世は「苦」でありながら心底より「楽」と感じ入りて生き、本来の自我はないにもかかわらず無碍《むげ》の「我」を持ちて生き、この世は不浄でありながら「浄」となり尽くす生き方であり、観音から与えられる功徳なのであります。

この逆説的な功徳こそ、観音力によって、その強大なパワーによって得させていただく功徳なのであります。ですから、心奥《しんおう》より信じ切り、唱えていただきたく存じます。

しかして、この経に実際に功徳はあるのか、そのパワー（観音力）は存在しているのかどうかを検証してみたくなるのが人間の本性であります。老僧、欧州の思想・学説に疎《うと》いのはもちろんですが、人伝《ひとづて》に聞いたことをお話しいたしましょう。

このことは、彼の瑞西《すいす》の著名なる心理学者ユング先生の学説とも一致するものと聞いております。先生は、中国の仏教を研究され、その考え方がご自身のたどり着いた学説と似ているると言われたそうであります。私どもの意識、欧州独逸国《どいつ》カント先生が名づけられた「先験的統覚《せんけんてきとうかく》」の内にある「無意識」の消息についての話でございます。

ユング先生いわく、

「『無意識』のそれほど深くない層は、まさしく個人の無意識である。『個人的無意識』と名づけたところのものである。

しかしながら、この個人的無意識はさらに深い層に根ざしており、この層は後験的（この世に生を受けてからの経験《胎児期を含む》によって：ア・ポステリオリ）に獲得した意識ではなく、先験的（あらゆる経験に先立ち、その個人にとって、あらかじめ：ア・プリオリ）に存在している意識層であり、これを『集合的無意識』と呼ぶ」

ちなみに、ユング先生のいわれる個人的無意識層から、雑念として浮き上がる泡《あぶく》のごとき想念に、とらわれず、出るにまかせ、捨てに捨て尽くし、空っぽにした果てに悟りがあると、我が禅宗が説くところであります。

さすれば、集合的無意識とは何かと申せば、それぞれの地域、国などにより、はるか以前から、各個人の意識や記憶などが集積された巨大な意識体とも申すべきものでしょう。ですから、国により、また、より広い地域においては、他の国、他の地域とは異なる集合的無意識があり、その国民特有の、あるいは民族固有の、特徴ある意識、考え方をつくり出す根源なのではないでしょうか。

子ども時代に「ののの様」と呼ばれていた存在をご覚えておいででしょうか。ののの様とは「のんの様」のことであり、我が国において、古来より、神、仏、太陽、月などを表す幼児語であります。私ども日本人は、生まれながらに多神教徒であり、自然信仰・アニミズム（「精霊信仰」「汎霊説《はんれいせつ》」「万物、森羅万象《しんらばんしょう》に神がやどるとする考え方」）を拠りどころとして生きる国民なのです。ちなみに、私の母は月を指さしながら、幼児の私に「のーの様」と言っておりました。その記憶がいまだに鮮明にあります。

尊き存在こそ「のんの様」であります。では、我が日本国において、最も頼られ、親しまれ、子どもにいたるまで祈られてきた対象とはなんでしょう。天照大神《あまてらすおおみかみ》しかり、阿弥陀《あみだ》しかり、お地蔵様しかり、身近な祠《ほこら》やご神木しかりであります。

その中で、圧倒的に親しまれ、頼られ、唱名された名こそ観音であります。観音は三十三の姿に変化《へんげ》し、すなわち千手観音、聖観音、馬頭観音などのほか、さらに七の姿を付け加え四十の姿にも変化し、不浄なる末法濁世《まっぽうじょくせ》において衆生《しゅじょう》をお救いくださるといわれております。

四十のお姿の中には、梵語《ぼんご》にて「バザラ・ダルマ・カツギャ」すなわり「金剛法剣《こんごうほうけん》」となられて、あらゆる邪気を祓《はら》われるともいわれております。まことに頼りになられるご存在ではないでしょうか。

その人間が置かれた労苦の状況、心身の苦しみの部位・箇所、あるいは自己喪失の危機などの状況に応じて、姿形を自由に変化《へんげ》され、凡夫《ぼんぷ》を救ってくださるお方こそ観音であり、日本人が最も頼り、すがり、親しみ、愛し、その名を唱名《しょうみょう》してまいった菩薩《ぼさつ》であります。

「松はみな枝垂《しだ》れて南無観世音《なむかんぜおん》」（南無観世音。観音様、この身この心のすべてを捧げ、すべてを委ね託します。どうか救い給え）

この句はいうまでもなく、世俗でのすべてを失い、自殺未遂とみられるところを曹洞宗報恩禅寺の住職に救われ、出家得度した後に、種田山頭火が最初に読んだ句であります。山頭火は寺男となり、また、味取観音《みとりかんのん》の堂守《どうもり》となりました。枝垂れた松の葉の下に佇む味取観音像、それを前にした山頭火の心奥からわき出た想いがそのまま形となって、自由句の体裁を取ったものなのでしょう。

そして、行雲流水の名の通り、一所にとどまることなく、行く先々の師を尋ね、また仏道を訪ねる禅宗の修行僧、雲水として旅立ちました。肥後熊本の山中に分け入る山頭火は、自然のうちにすべてを委ねたのでしょう。

「分け入つても分け入つても青い山」。

自然に抱《いだ》かれ、自然を友とし、自然の中に神命《いのち》を、観音を見いだしたのでしょうか。独《ひと》り自然のうちに孤高を保つには、自然のうちに心の拠りどころを見いだすことが唯一の道であったのでしょう。乞食《こつじき》、すなわち托鉢をしながらの山河の行脚《あんぎゃ》の中で、多くの傑作句が生まれました。

講談、落語の名人ネタの一つに「浜野矩随《はまののりゆき》」という演目があります。寛政から幕末に生きた腰元彫《こしもとぼ》り（刀の装飾品、根付けなどの彫金・彫刻）の名人の話です。非常にドラマティックなストーリーですが、浜野派（矩随名は三代まで）は詳しく史実に残り、話の主人公の二代目矩随《のりゆき》は幕末まで生きた人でありますから、話の内容は信憑性《しんぴょうせい》の高いものでしょう。

希有《けう》の名人との誉れが高い父親が亡くなり、残された二代目矩随は、男気《おとこぎ》のある骨董屋の計らいで母親とともに食いつないでいました。父親への劣等感と骨董屋への甘えからか、あるとき三本足の馬の彫り物を骨董屋に持ち込んでしまいました。これには、さすがに骨董屋の主人も激怒し、母親の面倒は見るから、こんな役立たずの職人は要らない、死んでしまえと言われたのです。

母親は息子の身に起きたことを見抜き、せめて死ぬ前に形見の観音像を彫って欲しいと矩随に頼みました。亡き父親は、生前熱心に観音を信仰しておりました。隣の部屋では母親が、「南無観世音、息子に立派な観音像を彫らしめ給え」と祈っています。矩随は文字どおり死んだ気で、寝食も忘れて彫り続け、三日目の朝に観音像を仕上げました。

その見事な出来映えに、息子に代わっての死を覚悟していた母親は瞠目しました。骨董屋も父親の遺作と見まがうほどに驚きました。しかし、息子の仕事が自分の予想以上の評価を受けたことを耳にせぬまま、母親は一念を貫き自決したのです。これを機に名人二代目浜野矩随が誕生したという話なのであります。

観音にまつわるエピソードは、挙げてもきりがありません。要するに、古来より、観音の名は、如何《いか》に多くの日本人により、心奥《しんおう》から、衷心《ちゅうしん》から、藁《わら》をもすがる必死の想いで、そして、親しみと愛に満ちた想いで唱えられてきたことか、その数たるや、その量たるや到底計り知ることなどできない消息の彼方にあります。また、その想念のパワーなど想像だに出来ぬほど強大でありましょう。

その観音のパワーは、日本人の共通の潜在意識、ユング先生のいわれる集合的無意識の中に蓄積され、充ち満ちているというのがエネルギー不滅の法則に基づく道理というものであります。

ですから、観音力に通ずる十句観音経《じっくかんのんぎょう》を唱えられることこそ、この計り知れない、逆説的無量のパワーをいただける最良の方途《ほうと》なのであります。この功徳《くどく》、暗きに沈む万有一切《ばんゆういっさい》に、一陽来復《いちようらいふく》せしめるものです。あなたが信じ切り、信じ尽くして唱えられるなら、必ず病は消えましょう。

そうでなかったのなら、この老僧の頸《くび》をば斬り落とし、謹《つつし》みてあなたに進ぜましょう。

世の中、博学にして、知識も深く、一見すぐれた人物と見受けられる者の中にこそ、病にかかるや、大騒ぎをし、あさましく恐れおののき、泣き叫ぶ人々が多く見受けられます。普段の様子とはあまりにかけ離れた姿、様子を目の当たりにするにつけ、まさにこれほど見苦しいことはありません。

まだ訪れもしていない、明日や未来のことばかりを考え、自己中心に勝手に思いを巡らせ、病の行く末を推測して、あるいは絶望し、あるいは自己の運命を罵《ののし》り、最も肝要な今の今という時間、今の生を生きてはおりません。

また、自分を看病する人たちばかりか、己《おの》が治療のために寝るひまもない医師にまで、不平不満の汚《きたな》いことばを吐きまくり、見舞いに来ない者を名指しして誹《そ》しりまくる始末です。そのさまは、わずか十グラムほどの病に、十トンもあろうかと思われる病をつくりあげ、周りが驚くほどの心配ぶり、おののきぶりなのであります。

そのあげく、熱にうなされたかのように、「死後の世界はあるのであろうか」と無知迷妄《むちめいもう》の中に落ち込み、あわててオカルティズムの本を人に手分けで探させ、自らも片《かた》っ端《ぱし》から書店を回り、本屋の中を彷徨《さまよ》い、歩き回り、本を漁《あさ》りつくすという、一見、健康人ではないかと錯覚するほどの元気ぶりなのであります。

普段、神仏などに心を向け、感謝の言葉など口にしたこともないその当人が、神、仏にこれほど祈ったというのに、救いの手が遅いではないかと神仏に怒りをぶつける愚かさかげん。このように餓鬼畜生道《がきちくしょうどう》に堕ちた者のごとく、見苦しく病み、無駄な気力と体力とを浪費し、果てに狂い死ぬならば、その死後の悲惨なありさまなど、まざまざと目に浮かぶようであります。

そもそも、世の中の人間の最大の関心事とは、自分自身のことであります。もちろん、自己を顧《かえり》みず、利他愛から献身的に尽くす方々がおられます。しかし、大部分の人間は、終日、自分のことばかりを考えております。人間一般、凡《およ》そ他人《ひと》が難儀《なんぎ》をし、また、苦しんでいるのを見かけるや、言葉、表情、振る舞いでは、いかにも心配し、すすんで助けを買ってでるかのような素振《そぶ》りをするものであります。

しかしながら、その胸中には自分のことしかありません。他人の重篤《じゅうとく》な病より、自分の体の、痒《かゆ》くて我慢できないヤブ蚊の一刺しの方が、のっぴきならない大問題なのであります。

このように、人間ほど自己中心的で、利己的な生き物は類《たぐ》い希《まれ》でありまして、その本性たるや畜生にも劣るように見えます。畜生、否、動物たちこそ見習うべきであります。彼らは、自然そのままに生き、また、実に献身的でありまして、見苦しい欲というものがありません。無心にして純粋無垢であります。

とにもかくにも、あなたさまには病のことなど忘れ去り、打ち捨てていただきたいのであります。そのうえで、自重自愛され、無為自然《むいしぜん》、自然放爾《しぜんほうに》に日々をお過ごしいただくのが、貴僧の一日も早い快癒を切望いたします拙僧の願いであります。

賢明な貴僧が、前述いたしましたこのような振る舞いをなされるはずはありません。この老僧の老婆心《ろうばしん》にて、平に平におゆるしいただきたく存じます。

かつて、中国の高僧がその著「随意願行《ずいいがんぎょう》」の中で、このように説いておられます。

曰く、「その昔、霊山《れいせん》においては『法華《ほっけ》』と名づけられ、今、彼の西方《さいほう》、印度《インド》においては『弥陀《みだ》』(アミターバ、アーミータ)と呼ばれ、不浄なる末法の世においては『観音』と釈された存在こそ、いずれも人間の心中に在る『真人《しんじん》』を指したものであり、無限者と同一である『真我《しんが》』である(梵我一如《ぼんがいちにょ》)。

各自の心中にあるこの真人・真我を尊び、信じ、帰依《きえ》し、任せきること。心中の真我に生き、真我を生き、この真人、言い換えれば『観音』に、常に親しみ、回向《えこう》し、祈り、感謝すること。また、自分の心中にある真実の姿を振り返り、心から離さず、これに基づいて行動し、正しい考え方、観念、意識を失わないならば、いかなる病も治癒し、また、いかなる学問、事業も成就し、成功するのである。

なぜなら、各人の心中にある真我こそ神仏そのものであり、自然そのもの、生命そのもの、実在・永遠そのものだからである」


病と症状とは、本来、存在しない、ただ、そう見えているだけにすぎないものであります。それは病としてまさしく眼前に在るのでありますが、にもかかわらず実際にはなく、体（実はこれも本質的にないのでありますが、まさに、ありありと在るように見えるこの体）を病《や》む病《やまい》として、そのように見えているにすぎません。

物、物質とは素《もと》なる微《かす》かな粒子、素粒子の集まりではありますが、この大宇宙が創成された直後、それぞれの素粒子は陰・陽の性質を帯びておりました。それらのプラス・マイナスの電荷を帯びた物質の素《もと》なる微《かす》かな粒子は、互いに引き合い、合体して、元《もと》の木阿弥《もくあみ》のエネルギーへと還元されたのであります。

その中で、エネルギーへの還元を免《まぬが》れたものだけが、質量の素としてこの宇宙に遍満し、天体・星辰《せいしん》を構成したのであります。一見、形をもち、固い姿に見えますが、単にエネルギー、諸波動などと存在の「様態《ようたい》」が異なるにすぎません。

質量をもつ物質がエネルギーへと姿を変える様は身近でも観察できるものでありますが、その純粋な様は、「エネルギーは質量に二乗した光速を乗じたものに等しい」という公式で表されます。これは、直径数百億光年ともいわれる大宇宙から見れば超微細な反応にすぎませんが、この地球という娑婆《しゃば》においては人類の存亡にも関わる、破滅的な爆発・爆燃として現れるところのものであります。

このように、モノは、本性からいえば様々な、無限に近い「波動」と同じものでありま す。現れ方があまりにも極小であり、ミクロであることから、人間の肉眼からは途方もなく遠い距離にあることになるために、同じ構造である肉眼から見るとモノとして実体があるように映り、波動とは違って見えているにすぎないものであります。

人間の目が捉《とら》えられる光は、つまり可視光線は、宇宙に遍満《へんまん》する波動の中で、波長が約〇・三五ミクロンから〇・八ミクロンの極めて狭い範囲に限られています。

一方、蝶は、可視光線の紫の外側にある約一〇ミクロンから四〇〇ミクロンの波長、紫外線が映し出す世界を見ております。ですから、人間の目には同じ紋白蝶《もんしろちょう》と見えても、紋白蝶の目から見ると雄と雌では羽の模様の違いが一目でわかるのです。蝶が見ている世界は人間が見ている世界とは異なります。その世界の一端は、紫外線カメラを通してかいま見ることはできますが、蝶の複眼で見ている世界は、今、私どもが見ている世界とは明らかに異なるはずです。

世界は、見る者により異なって見えるのであります。相対的なのであります。絶対ということがないのです。

そうは申しましても、世は方便として生きるのが本来の生き方であり、また容易《たやす》いものです。哲学でいう「素朴的実在論《そぼくてきじつざいろん》」として、世界は見えているままに存在し、そのあるがままを受け入れ、文字どおり素朴に生きるのが普通であり、常識的であり、人間として健康的な証拠であります。

モノとして物を扱うことは、物の世界に存する人間として自然であり、日常のあるがまま、行住坐臥《ぎょうじゅうざが》のつき物として素朴に接すればよいのであります。何も考えず、自然に接し、活用すればよいのであります。単純素朴に物として扱い、付き合っていればよいのです。身体《からだ》も事物も、娑婆にある間の道具と考え、使わせてもらえばよいのであります。

一方、繰り返しますが、モノ、すなわち光子をはね返し、文字どおり色をもつ物である「色《しき》」は、同じくモノである肉眼により、「在る」と見えているすぎないものであります。その本性は、波動と同じく実体のないものです。

モノは、宇宙の時空において、質量として感得される内実をもつように見えながら、それそのものとしては在りません（色即是空《しきそくぜくう》）が、同時に五感によっては「在る」（空即是《くうそくぜ》色《しき》）ように見えるものであります（摩訶般若波羅蜜多心経の著者による意訳）。

ここに、正しい観相《かんそう》が必要な所以《ゆえん》があるわけです。何の疑問ももたず、つまり、眼前の錯覚にどっぷりと浸かって単純に生きて、死ぬか、または、世界は相対的であって、なおかつ不変・不増・不滅の実相・実体をもちながら移ろい続ける無常であると、錯覚は錯覚として、五感でそのありのままを方便として純朴に認めながらも超然と賢く生きるかの、正反対の生き方が生まれるわけであります。

また、宇宙原理であります因果律により現れ、消えていく様《さま》である病などに、一瞬たりとも囚われてはなりません。因によって生じた果である病は、いわば消えるために現れた姿であります。

病は勝手に消えていくにまかせ、逆にポジティブに、心中を、真我、観音、全き世界・宇宙の観で充たすなら、薄皮がはがれるように、霧がはれるように、症状と見えていたものは、消えてなくなり果てましょう。

およそ、人間の心身にとって最も負担となることは、心の遣い方を誤り、心自体を煩《わずら》わせ、労することであります。頭を使って考えるべきことを、心を遣ってあれこれと思い乱れることであります。

つまり、頭脳で思考するのではなく、気（精神、心）を遣うこと、気を遣って世話を焼くことは、心を一瞬にして疲れさせ、心から、本来の瑞々《みずみず》しさ、生気、精気、活気を奪い取ってしまうことなのです。これでは、心身一如《しんじんいちにょ》の体にその影響が出ないわけがありません。心の疲弊《ひへい》は、心気を滞《とどこお》らせ、気血は体の隅々《すみずみ》まで巡《めぐ》らず、その結果、血流は体のあちこちで滞留するため、内臓、各組織は弱り果て、病になるのが当然であります。

ですから、病になったならば、気を遣わず、心を労さないことが肝要です。たとえば、イマジネーションを使って、大馬鹿者になりきったつもりで、（この際、居留守を使うのも方便と心得て）訪ねてくる誰にも会わず、あるいは、赤ん坊のように、誰か人が来るのも、誰かいずこへ去るのも知らず、気にせず、そこいらの木や石のようになることです。

言い換えれば、気を遣わず、必要に応じては頭を使い、ふだんの生活では、身に付いている慣用語や習慣、常識のたぐいを時に応じて自然と出していればよいのです。気を一切遣わないこと、この一点に尽きるのであります。

これを、半月、一月《ひとつき》、三月《みつき》、半年、一年と実行されるなら、治らぬ病気などないのです。病気、つまり、気《き》を病《や》むことをやめるなら、そのときから、過去の因が現れて消えていく様である病は文字どおり消えていくのであります。

これは、いわゆる「達観《たっかん》」のたぐいではありません。達観というには、余りにも当たり前、基本的なことですから、構えて実践しようなどと精を出して努力するには及びません。悟りのたぐいとは無関係な、いわば常識ともいうべき心の持ち方であるにすぎません。

ただ、気を遣わないこと、心で考えないこと、世話を焼かないこと、ひたすら休養をとること、病の特効薬とはこのように単純なことなのです。軽い病を重篤《じゅうとく》にしてしまう人々とは、これとは逆の振る舞い、心の誤った遣い方をする人たちなのであります。

真理とは、このように単純でありながら、気づきにくいものです。しかし、ひとたび気づいたなら実践しなければ意味がありません。正しい目標と方途《ほうと》で実践あるのみであり、誤った方法での実践は、無駄どころか浪費、また逆効果であります。正しい目標を正しく実践することです。誰も絵に描いた餅を食べることなどできないのですし、屏風の中の虎を追い出すことなどできないのです。

賢明なる貴僧におかれましては、大安心され、気を楽にもたれ、ただひたすらにこの方法を実践され、一日も早く快癒されますことをご祈念いたすものであります。

＊＊＊

白隠の書簡は以上のとおりである。

この書簡における白隠の意図は、病の僧への手紙という形を借りて、病に伏せているにせよ、日常茶飯の生活を送っているにせよ、「思い煩ってはならない」、「あるがままを受け入れ恬淡《てんたん》（自己中心的な欲を去り、自由無碍に、またポジティブに考えかつ行動する人間）として生きよ」というところにある。それは、たとえば病の場合に限らず、眼前に迫り来る「死」にたいしてもあるがままに受け入れるという禅の悟りの境地をわかりやすく説いているといえる。

思い煩っても、訪れるものは訪れる。悩み、もがき苦しんだところで本人にとっては何の益するものは無い。それればかりか、周囲の人々を巻き込んでの不幸だけしか残らない。ならば、病を病み、死を死ぬることこそ人間としての人倫《みち》である。できないことはない。現に、動物たちや植物はそうしているではないか。人間だけが見苦しく、あさましく騒ぎ立てているにすぎない。人間も、動物も、植物も等しく生命《いのち》を持つ存在であって、数百万種の生き物の中で人間だけが特別なわけではない。

病むときは病むがよろしく候、死ぬときは死ぬがよろしく候とは、こうした考え方のうえに成り立つ命題なのである。

これらを踏まえてさらに論考を進めてみよう。

現代人は、歴史上かつてないほど「思《おも》い煩《わずら》う」ことを余儀なくされている時代に生きている。こう言うと、「いや、そうではなく、現代社会は歴史上類を見ないほど『頭脳を酷使しなければならない時代に生きている』と言うべきである」と反論されそうである。

実は、私もこれまでは、当然のようにそう考えていたのである。しかし、白隠の著作を読み進め、考えてみる中で、現代社会は人間の頭脳ではもはや判断の限界を超えるほどまでに複雑化、多様化し、取っかかりさえ見えないほどに錯綜《さくそう》しているということに思い至ったのである。

近年における生活環境の急激な変化、社会生活の多様化、労働の高度化・専門化、溢れ出る情報の多量化・複雑化、加速度化、また、雇用の不安定化、所得の減少・無所得、増大するローン、返済のための悪循環、社会格差の拡大、学歴による差別化と幼児期からの詰め込み式学習の超過、これによる人生目標の設定不良、学校間格差・学校内格差・学級内格差、ついていけない子どもたちの増加、学校教育・家庭教育、とりわけ親の養育方法の不備・不適正、生きがいの消失、増加する要介護者・要養護者、とりわけ認知症罹患親族への家族の精神的・経済的負担の急増化、加速する地球環境そのものの悪化、などなど、挙げだしたらきりがないほど、人類は、かつて例をみなかったほどの混沌と混乱と予測不能な不安定さが支配する現実に生きることを強いられているといっても過言ではないだろう。

また、指摘しなければならないのは、家電製品などの普及と高性能化により、いわゆるアナログが駆逐されつつあり、世のデジタル化が人々に安易な生活習慣を植え付けつつあることである。デジタル化は「文明」として、人類に新たな有り難い恩恵を与えてくれるものであるが、すでに弊害が生じつつある。

若者を筆頭に、まず本、活字を読まない。いや、昔以上に読んでいるのであるが、小学生から大人までもが、アニメ文化などから生まれた、受け身態での易々とした読書に終始している。ものごとを考えるという脳の習慣までもが使われなくなってきている。

私など、毎日の仕事でワープロばかり打っているせいか、適した漢字を思い出す、考えるという機能が使われず、小学生並みの漢字さえも書けなくなってきている。暗算でも、計算できそうな簡単な数式でさえ、表計算ソフトが一瞬にして答えを出し検算までしてくれる。

以前なら、辞書や百科事典で調べ、さらに専門の本を読んで身につけていた知識は、今やインターネットでの検索により、必要以上の情報を瞬時に得ることができる。遊びでさえ、一昔前なら頭の中でシミュレートし、散々考えさせられたゲームのたぐいでさえ、コンピュータがアシストしてくれるどころか、目の前で自動的に勝手に進行している。

電化製品にはすべてにCPUやICチップが埋め込まれてオートマチック化され、極端にいえば人間は電源さえ入れればよいだけである。確かに便利で効率的で楽ではあるが、人間の「考える」という行為を実践する機会がなくなってきている。

「考える」時間が減るに従い、脳は他のもので中身を満たそうとする。自然は真空を好まないという法則と同様に、脳は常に何かを考えている。あるいは、何らかの想念に満たされている。禅を組み、無念無想を目指しても、次から次へと雑念がわき上がるがごときである。脳も真空を好まないのだ。考えることが減り、気圧が下がった脳には大気（観念、雑念）が流れ込む。

また、人間は同時に一つのことしか考えることができないという原則もある。大気ではない何ものかが脳に入り込み、考えることが極度に減少した脳には、入り込んできたものだけを考え続けるという状況が生まれる。「考える」「思考する」対象が減ったことで、考えなくともよいことまでを考え始める。

忙しく「考える」ことに専念している間、雑念は生まれない。脳がある問題について「考える」「思考する」ことに没頭している間、他のことなど考えているヒマはないのである。

何か「悩みごと」があるなら、何か有益なこと、それは仕事であっても学習であっても構わない、そのことを考えることに専念し、没頭すればよい。期限を切って、解決すべき課題のノルマを設ければ、それだけで忙しくなるだろう。

悩んでいる時間はなく、そんな堂々巡《どうどうめぐ》りの非生産的で無駄な時間を浪費しているヒマなどないのである。忙しくするということは、「悩みごと」の特効薬なのだ。

ところが、現代生活における生活環境の急激な変化、多様化、複雑化、スピード化、専門化、グローバル化、ＩＴの進展に伴う情報量の激増などから、多くの人々は思考能力の限界に意識的・無意識的にぶち当たる。頭脳は処理可能な範囲で機能するが、それを超えた領域では否応なく機能停止に陥ることになる。

こうして、脳の多くの部分に、使われない領域、いわば真空が生まれる。自然と同様、脳は真空を好まないという法則から、この空となった領域を満たそうとするが、これを満たす内容はふつふつとわき上がる雑念、考える必要のないことなどである。あるいは、雑念から触発された不安であり、日ごろから観念としてこびり付いていた悩みごとのたぐいである。

思考量の減少は、無駄な、非生産的な、後ろ向きの、あるいは無意味な雑念と悩みのタネの量を増加させ、これへの対処のため「思い煩い」が生まれる。思考する代わりに「思い煩う」ことが、常に考え続けるという特性を持つ脳に生理的な満足感を与える。「思い煩う」とは、回答を得るため論理的に考える「思考」とは異なる。「思い煩う」とは、回答が得られないことについて際限なく堂々巡《どうどうめぐ》りを続ける「感情の暴走」なのであり、「感情」を持つことを許された人間特有の「癖《くせ》」、「性癖」なのである。

動物は「思い煩う」ことはない。普段からの悩みで神経衰弱になった犬や猫など見たことがない。動物は、眼前の現実の危機に対し回避行動を取るための、本能的な「恐怖」ともいうべき表象《ひょうしょう》を惹起《じゃっき》するにすぎない。

白隠の著作の趣旨は、「思《おも》い煩《わずら》い」をしてはならない、すべての思い煩いを放下《ほうげ》（捨て去る）しなさいという一点に尽きる。これは、形として病気の僧に対する書簡として語られているが、その実、すべての人々へのメッセージなのである。

病に苦しむ禅僧のみを対象とした著作には、別に「夜船閑話《やせんかんな》」がある。臨済宗の禅のプログラムの特徴は「公案《こうあん》」（無理会話《むりえわ》）を用いることにある。「公案」とは、日常茶飯の知識では解けない矛盾撞着な命題である。メタななぞなぞである。

たいがいの雲水に課せられる最初の「公案」に、「隻手《せきしゅ》の音声《おんじょう》」がある。隻手とは片手のこと。片手を打ち鳴らす音を聞けということである。両手なら拍手が容易にできる。片手でいかにして手を打ち鳴らし、その音を聞くことができるのか。

これを解くには、それまで生きてきた日常世界（娑婆）で培われた常識の一切を捨てなければならない。常識では解けない問題だからである。だが、言葉でいうほど簡単なことではない。雲水は的外れな答えや不十分な答えをたずさえ、自分なりの考えを述べるが、老師が打ち鳴らす鐘により拒否される。老師は無言であり、一体どこが間違っているのかも皆目わからない。

　雲水は禅を組みながら、一心に「公案」の答えを探す。「公案」そのものになりきって考える。だが、常識にとらわれた頭では答えは得られない。

　こうした中、多くの雲水が病むこととなった。頭の使いすぎ、否、論理的に脳で考えられないことに対して、せっぱ詰まって答えを出そうとする「思い煩い」である。現在ではいわゆる自律神経失調症と呼ばれる症状であり、極度の逆上《のぼ》せの状態であって、肺は熱気を帯びたように焼け、頭は活火山のごとく高熱を発し、また、足は真冬のオホーツクの海に浸したかのように冷え切って血の気がなくなる。健康であるとされる頭寒足熱の真逆《まぎゃく》の状態が雲水たちを苦しめる。

　白隠は、自身も経験したこの禅病の治療の方法、すなわち内観の法（心理学的にはイメージ・トレーニングあるいは自己暗示、漢方医学では「気」を臍下丹田《せいかたんでん》に落とし、頭部で滞留している気を下半身に巡らす方法）を、この「夜船閑話《やせんかんな》」において著した。

「遠羅天釜《おらてがま》」を中心とする、今回扱った白隠の著作は、主として病にかかった時の心のあり方を万人向けに説いているが、内容としては病であるないにかかわらず、「平常での心の持ち方」について著したものである。その中心となる考え方が「思《おも》い煩《わずら》いを捨てること」にある。

同じことは、新約聖書（マタイによる福音書第六章第二五節以下）においても説かれている。イエス・キリストの「山上の垂訓《すいくん》」と呼ばれる教えである。

「自分の命のことで、何を食べようか、何を飲もうかと、また自分の体のことで、何を着ようかと思い煩うことはやめなさい。命は食物にまさり、体は着物にまさるではありませんか。空の鳥を見なさい。種をまくことも、刈ることもせず、倉に取り入れることもしないでしょう。それなのに、あなたがたの天の父は彼らを養っていて下さる。あなたがたは、彼らよりも、はるかにすぐれた者ではありませんか。野の花がどのように育つのか、見て考えてみなさい。あなたがたのうち、誰が思い煩ったとしても、寿命をわずかでも延ばすことができるでしょうか。だから、何を食べようか、何を飲もうかと、あるいは何を着ようかと思い煩うことはやめなさい」

キルケゴールも「野の百合・空の鳥」という著作の中の「講話」で、イエスの「山上の垂訓」における「思い煩い」について論究し、野の百合と空の鳥を人間の正真正銘の教師として受け取り、そこに人生の歩むべき道を徹底的に学ぼうとする試みを行っている。

「頭を使うこと」によってでは「思い煩い」は生まれない。頭を使うとは「思考」することであり、論理的に考えることである。

一方、「心を遣うこと」によって「思い煩い」は生まれる。本来頭を使って考えるべきことに心を用いることから、論理的に考えるのではなく、感情によってものごとを考えるという「矛盾」が生じる。

面白い実験例がある。生化学者・細菌学者パスツールに「研究室での平安」という言葉があるが、これは、意義あることに没頭している人や価値あることに専念している人々には、悩んだり、思い煩っているヒマはないということだ。そのことを実証しようとした実験である。最近、日本人研究者により「FF」と呼ばれる疲労物質が発見された。画期的なことであるが、それ以前の乳酸値、α波、β波の増加減少といった疲労度の観測による実験だそうである。

被験者はアメリカの大学教授であり、チューブによって疲労物質の発生量を測定する装置と繋《つな》がっているほか、脳の活動を計測する装置から二一本の電極が頭部に取り付けられた。被験者には、自分の研究室で二四時間にわたって研究を続けてもらった。夜中になり、通常は睡眠する時間帯となったが、多くの研究者にみられるとおり、興がのり、あるいは研究が佳境に入ると、時も忘れ研究に没頭するものである。

事実、被験者の脳波には、活発な思考や集中時に発生するβ波の活発な動きがみられた。また、同時に被験者がリラックスしていることを表すα波が実験開始時より多く表れており、ストレスを感じることなく精神的に安静（リラックス）な状態で研究に没頭していることが確認された。

脳は全身の血液量の約二〇％を使い、エネルギーの消費量もまた約二〇％である。脳の血液中の疲労物質は、実験開始時から検知されていなかったが、真夜中、実験開始から一四時間後においても検知されなかった。脳はリラックス状態を保ちながら、活発に働き続け、その効率性からか、疲労物質を生じなかったのである。

この実験には、実はドッキリカメラのようなシナリオも含まれていた。実験が終了し、被験者のチューブや電極を取り外す前、実験の緊張感をほぐす意味で被験者にはくつろいでいるようにと告げられていた。

そこへ、学長に導かれて、専門が異なる世界的権威の学者が登場した。くつろいで、足をデスクの上に投げ出し、腕をダラリと垂らしている被験者は、まず学長らの登場に仰天した。世界的権威の学者からは、ねぎらいの言葉とともに専門外の質問が矢継ぎ早にとびだした。

被験者は電極などがまだ繋がっていることも忘れ、応接用のソファーへと相手をうながしたが、電極線に引っ張られ、ちょうど首が反り返るようなかっこうになった。被験者は専門外の質問への答えも用意できず、誰がみても頭が混乱し取り乱しているのは明らかだった。

また、失礼のないようにという心遣いと、自分自身の教授としての威厳が保てるようにとの配慮だけに気をとられていることも容易に見て取れた。つまり、混乱した頭脳ではなく、心で世話を焼き、感情の領域で考え、行動しようとしていたのである。

接続されていた電極からは乱れた波形が記録され、被験者が冷静な判断ができていないことが確認され、チューブを通して分析機に流れ込んだ血液からは、急激な疲労物質の増加が観測された。

これが、この実験の一部始終である。

頭脳だけを使って長時間の研究活動を行っていた時には、文字どおり「研究室での平安」そのものに、安定した脳波だけが記録され、疲労物質も検出されなかった。しかし、急激なシチュエーションの変化から、どう対応したらよいのかという論理的な判断が不可能になり、まさに「思い煩い」をさせられる状況が人工的につくられたわけである。

これは、「思い煩う」ことが、いかに人体に悪影響を及ぼすかが実験によっても確認された一例である。日常、我々は、このような実験結果を見るまでもなく、「悩み」「思い煩い」が人体に与える影響についてごく普通に経験するところである。急激で強烈な「思い煩い」により一夜にして白髪となった例や、悩み続けることで身心の生気が失われていくこと。また、実験に登場した教授のように、気を遣うことで一気に疲れ、首や肩に「張り」や「凝り」が突然に現れることなど頻繁に起こる現象である。

社会が多様化し、複雑化する中で、我々は毎日を「思い煩い」ながら生活しているといっても過言ではないであろう。では、「思い煩う」ことなく、あるいは「思い煩う」ことをより少なくするにはどうすべきなのか。

賢人と称された思想家の言葉の中に、何かヒントとなる事柄がないであろうか。見当もつかないが、心当たりを探ってみることは無駄ではないだろう。

学生の頃読んだウォルト・ホイットマンの詩に、確かこんな一節があった。若さ故か、何もかもに悩んでいた頃、印象に残った短い一節だ。

「おお、立ち向かえ、暗き危うき夜に、荒れ狂う暴風雨に、明日をも知れぬ飢餓に、悪意に充ちた嘲笑に、真心への反抗に。自然の樹木や動物たちが愚痴もこぼさず立ち向かい、耐えるがごとく」（著者意訳）。

人間は考える葦《あし》に相違ない。だが、パスカルが喩《たと》えにあげた葦以上に弱い存在だ。考えるのではなく、心で思い煩うが故に、樹木や動物よりも弱い生き物であろう。

確かに、ホイットマンの詩のように、樹木や動物たちは自然の猛威に無心に立ち向かって、ただ耐えている。この詩を読んで最初に浮かんだイメージは、南極のペンギンたちが、生まれたばかりの我が子を足下《あしもと》の中で温かく守り、吹き荒れる零下のブリザードの中、身じろぎもせず立ちつくしている姿だった。

あるいは、北極のシロクマの親子が、酷寒の中食糧となるエサもない飢餓の状態で、獲物となるアザラシなどを探しながら白原を無心に旅している姿であった。また、近頃では一匹のシロクマが、温暖化によって乗っていた氷に亀裂が入り、流され、北極海に転落した映像であった。

ホイットマンといえば、著作で「フェミニスト」宣言をした詩人であるが、その先駆者こそ一九世紀前半において「男女の平等と女性の権利」について主張したマーガレット・フラーである。優れて知性的で行動的であったフラーは、女流作家にしてアメリカ初の女性海外特派員であり、文芸誌の編集長でもあった。

フラーは、「フェミニスト」として社会の矛盾を指摘し、批判した。彼女の主張は、当時のアメリカ、いや世界においては急進的で「常識破り」であったがために、社会全体からこっ酷《ぴど》い批判や的はずれの悪口を浴びせられた。普通の女性なら到底耐えられない状況であったにちがいない。

だが、辛辣な言葉や批判はフラーを些《いささ》かもへこませることはできなかった。彼女がそうさせなかったからだ。言葉は人を傷つけることはできない、そうさせない限り。石を投げられ、棒で叩かれたなら否応なしに傷つくだろう。しかし、人から浴びせられた言葉は右から左へ受け流すことができる。その言葉を捕まえて、自分で自分に投げつけるから傷つくのである。例えば、どこかの国で意味の全く解らない言葉で罵詈雑言《ばりぞうごん》の限りを浴びせられても傷つくことはないであろう。人間は、不思議なことに、浴びせられる言葉をわざわざ捕まえて、それを反芻《はんすう》するがごとく記憶に保存し、自分自身に向かって投げつけ傷つけ続ける。それは強迫的でさえある。

フラーはそれ以上であった。フラーの次の言葉が彼女の心の強さのあり方を物語っている。

「私は、宇宙を受け入れる」

降りかかってくるものがなんであれ、そのすべてを受け入れられる人間ほど強い者はいないであろう。思い煩うこともなく、神経症になることもない。

さて、弱肉強食の縮図であるサバンナでは、気配を消し忍び寄る肉食獣に、いつ何時《なんどき》草食獣がその餌食となるかわからないという、人間の目から見ると切迫し、一瞬たりとも途切れない緊迫した状況が続いている。しかし、動物たちにとっては自然そのものの日々の営みなのであって、飢餓にさらされている食べる側にも、いつ首筋を襲われるかわからない食べられる側も、ただ淡々と生きている。動物たちは、そのあるがままの生を、宇宙を受け入れているのだ。

夜ともなれば、夜行性の肉食獣が頭をもたげ、食べられる側の動物たちは、さらなる危険な状況の中におかれる。その中で生きるための睡眠をとる。気象や天候の変化で、生きる糧である草や水がなくなることもある。だが、彼らの中に、飢餓や捕食によって悩んでいるものなど一匹たりともいない。

一方、そんな自然界に、意識的にしろ入り込んだ人間は、草食獣でさえ命にかかわる危険な存在となる。頑丈なオフロード・ビークルに乗り、あるいはショットガンを持ち、現地のガイドを雇い、万全の態勢と装備で安全を確保したと考えながらも、そもそものところで過ちをおかしている。

そこは、弱肉強食の自然界そのものなのである。生き残るための弱肉強食のルールの中で、人間はどのような役割を演じようと考えているのか。その食物連鎖の中でどんな立場を取ろうとしているのか。地球の支配者面《づら》でも披露《ひろう》しにわざわざ来たわけでもなかろう。場違いな場所に入り込んだのである。物見遊山《ものみゆさん》の人間が動物を生で見たいなら、動物園で檻に閉じこめられている動物たちを見ているのが分相応なところだ。

自然界は、様々な猛威や命の危険に自然そのままに立ち向かえる動物たちだからこそ棲《す》める環境なのであって、居もしない忍び寄る肉食獣の影に怯《おび》え、無害な草食獣の角が凶器に変わらぬかと疑心しているようでは、頑丈な檻《おり》でもなければ一睡もできないであろう。自然の中では、人間の方が檻に入って安全を確保する番なのである。

動物たちは、もちろん樹木は言うに及ばず、無心そのものである。人間が理想と考える無為自然《むいしぜん》、自然放爾《しぜんほうに》の生き方を、自然の中で自然そのままに送っている。その意味では人間の模範でもあり得る。

これに対し、人間は外からの危険に恐れおののくとともに、内からの不安に怯懦《きょうだ》し、存在しない単なる観念にさえ緊張し、怯《おび》え、追い込まれ、自殺どころか、何をしでかすかわからない存在だ。明らかな外からの危機に理性的に対処する態度は、人間の行動の一面でしかない。

その実は、心の中で途方もなく危険な観念をもち、罪もない人間どころか、動物、植物までも巻きこんで危機的な状況をも企てる危険性を孕《はら》んだ存在である。動物や植物は、同じ地球上の生物でありながら、外からの危険にのみ初めて反応し、対処しようとする。極めて自然である。

それに比べ、「非自然」ともいうべき人間は、故《ゆえ》なく、何の根拠もなく思い煩う。思い煩うことによって生じる自分の中のこの上なく危険な毒に侵され、弱り果て、立ち向かうどころか、自ら倒れ込んでしまう脆弱《ぜいじゃく》な存在だ。これは事実であるが、ただし、人間が動植物より劣っていると言っているわけではない。

人間は、自然界では一本の葦よりも脆弱な存在である。しかし、合理的に考えることができるからこそ、「それは考える葦である」という命題が成り立つのだ。思い煩うのではなく、適切に考え、合理的に思考する。当たり前のことだが、ここにこそ人間の面目がある。

人間における「思考」の在《あ》り様《よう》こそ重要である。では、「思考」の在り様はどのような意味で重要なのか。

第十六代ローマ帝国皇帝マルクス・アウレリウスは、五賢帝の一人、「哲人皇帝」と称された人物である。映画「グラディエーター」(ドリームワークス製作、ユニバーサル映画配給）で、病を押し、ゲルマニア遠征で自ら陣頭指揮をとった皇帝のことである。

マルクス・アウレリウスは、ストア哲学に精通するとともに、最晩年に至るまで、飢饉の発生への施策を講じ、叛乱を鎮圧し、内憂外患の窮地に陥るローマ帝国の安定化に向け、自ら最大限の努力を傾けた偉大な皇帝であった。

唯一の失策といえば、映画にもあるとおり、優れた人材を養子として次期皇帝に指名するという慣例を破って、皇帝の器かどうか未知数の実子コモドゥス（コンモドゥス）を指名したことである。このことが、ローマ帝国の弱体化を招いたといっても過言ではない。

それはともかく、哲人皇帝マルクス・アウレリウスは、その著「自省録」の中でこう主張した。

「我々の人生は、我々の思考によってつくられる」

現代ならば、思考は現実化するといった内容のさまざまな著作があり、マーフィーの法則などよく知られているところである。だが、マルクス・アウレリウスの主張は、夢を実現するための方法といった類《たぐい》のものではなく、もっとベーシックで、人生の真理について説かれたものである。哲学的命題の一つである。

では、「我々の人生は、我々の思考によってつくられる」とは具体的にどういうことなのか。我々は、身近な問題としてどう捉《とら》えるべきなのであろうか。

たとえば、我々が、自分を蔑《さげす》み、惨《みじ》めに思い、思い煩って自己憐憫《じこれんびん》に陥るなら、自ら暗い先の見えない人生を歩むことになるであろう。また、ネガティブのかたまりのような人間は愛されようはずもない。人々は、その生気を吸い取られそうな雰囲気を嫌い、避けて通りすぎるであろうから。

ネガティブな考え方は、相応な暗いネガティブな人生を自然必然につくりだす。それは悪循環を生み、さらにネガティブな生活環境、人生をつくりだすであろう。

逆に、些細《ささい》なことは気にとめず、前向きにポジティブに考えて、その考え通りに行動するなら明るい人生を歩めるであろう。今流行《はや》りの「ポジティブ・シンキング」は、あらゆる意味で非常に有効な生き方である。

それは、我々に、堂々巡《どうどうめぐ》りの「悩み」や「思い煩い」の代わりに、自己の置かれた状況を冷静に把握させ、問題解決のための合理的な方法を示してくれる。そればかりか、自己にとっての人生の目標・目的を与えてくれるのだ。これは重要なことだ。ご承知のとおり、「目的のない人生は崩壊する」からである。

ネガティブに自分の良し悪しを運命やら他人《ひと》のせいにしている限り、その人自身の人生の進展はあり得ない。自分自身の置かれた状況を冷静に正確に把握し、受け止め、どうすべきかを前向きに考え、ポジティブに行動する。これ以外に取るべき道はないのである。

「我々の人生は、我々の思考によってつくられる」
このことを肝に銘じるべきである。

我々人間は、往々《おうおう》にして自分自身を愛さない。自分の持つ容貌《ようぼう》、才能、知力、豊かさ、家庭、環境など、自分がそうあって欲しいと望んでいる理想を、自分自身が満たしていないからだ。自分の顔は、理想とするタレントなどとは似ても似つかず、まずまず我慢できそうな知人の顔にも及ばない。理不尽《りふじん》だと次第に不満をつのらせる。

そこで、自分自身を素直に直視することを止め、あっさりと自分に見切りをつける。自分が理想とする顔やプロポーションの持ち主に、自分が切望する気持ちを投影する。豊かさであれば、広大な邸宅を所有し、高級車を乗り回す成功者、勝ち組と称される人間たちに、自分がそうありたいと願う心を投影する。

例えば、容貌なら、理想とする容貌に近づくため整形手術を受けたり、同じタイプのヘアスタイルや服装に気を遣い、心を配る。豊かさならば、経済的には乗れるはずもない高級車を購入し、その代償として、本来ならその経済力に見合った家に住めることを犠牲にし、安さだけが取り柄《とりえ》の部屋を借り、食費や水道光熱費まで切りつめた生活を余儀なくさせられる。

自分がそうありたいと願う豊かさが得られないことから生じる不満を、分不相応《ぶんふそうおう》な車を所有し、ガソリン代をしこたま払い、人目を気にしながら走り回ることで解消している。心理学で「補償」と称される行動の典型的なサンプルだ。

容貌も豊かさも、自分の理想には及ばないから、理想からかけ離れた自分自身を愛そうとは考えない。自分の容貌は人類史上で唯一の個性なのだから、自分自身の特徴を活かせばよいのだし、病気や遺伝性の変形などで医師から形成手術を勧められた場合には、その申し出を受け入れ、より自分の個性が自然と表れるように手術を受けようと考えるのが本来の自然の道理ではなかろうか。

より豊かな人生を望むなら、それを実現するためのプランニングを行い、努力を惜しまず真摯に働くことが唯一の手段である。当たり券の宝くじなど空からは降ってこないのだ。凡《およ》そ、人間が自分自身を愛さず、自分自身を放棄し、誰か他の人になりたいと考えることほど愚かしく、惨めなことはない。誰か有名人に似ているなどと言われれば、欣喜雀躍《きんきじゃくやく》の喜びようだ。過去に存在したことはなく、未来永劫現れることもなく、現在の今に宇宙で唯一の個性として存在している自分を愛そうとせず、自分を放棄して、誰か他の個性になりたいと考える人々が多すぎるように感じられてならない。

世界には、努力により変えられることと、どう足掻《あが》いても変えられないことがある。より良い方向に変えられるなら努力すべきだし、変えられないことを変えようと執拗に無駄な労力と時間を費やすのは即刻やめるべきだ。このことを、自分の考え方や行動に照らして、一度落ち着いて考えてみることだ。

神学者ラインホールド・ニーバーが書いた有名な祈りがある。「ニーバーの祈り」とも呼ばれている。短い祈りの中で人生の本質を言い表している。

God, give us grace to accept with serenity the things that cannot be changed, courage to change the things that should be changed, and the wisdom to distinguish the one from the other.

神よ、変えることができないものについて、それを受け入れるための平静さを我らに与え給え。

変えることのできるものについて、それを変えるための勇気を与え給え。

そして、変えることのできないものと、変えることのできるものとの違いを、悟るための知恵を与え給え。

白隠の喝は、現代人が総じて陥っているナンセンスの世界に響きわたった。ならば、このナンセンスから脱却するのにはどうすべきなのか。私は考えあぐんだあげく、A・ニーグレンの「アガペーとエロース」という著作の中に解決のための一つのヒントがあるように思われた。

第5章

真の「エロース」の復権

エロ・グロの「エロ」は、ギリシャ神話に登場する恋愛・性愛を司る神エロースのことであり、今さら説明する必要もないほど有名で、また、いいにつけ悪いにつけ、甘味な響きとそこから連想される欲求への願望から、これほど親しまれ、愛されている言葉は少ない。

人間が第二次性徴期に入ると、遅速の差はあれ、人間は「エロス」に目覚め、健康的な成長を続ける者がいる一方で、いつの世でもこれに耽溺《たんでき》し、それが人生の目的であるかのような生き方をする者は少なくない。特に近年の現状を見るに、人々は好むと好まざるとにかかわらず、高度に発達したマスコミ、インターネットなどを通じて、安易で通俗化した文化に呑み込まれてしまっている観がある。

そうした生き方がいいか悪いかは別として、人生をどう生きるかは個人の自由であって、その境遇《きょうぐう》について何も知らない人々が端《はた》からどうこう言う問題ではないし、私にはそんな講釈《こうしゃく》を垂れる資格もない。

A・ニーグレンは、その著「アガペーとエロース」（岸千年、大内弘助・訳　新教出版社）で、キリスト教における「愛（アガペー）」を古代ギリシャ思想における「愛（エロース）」と対比して論じた。

アガペーとは、一口でいえば自己より優先して他人を思いやる心、「利他愛」であって、人々の罪とひき替えに十字架にかかったキリストにその究極のかたちが見いだされるものである。それは神の無償の愛ともいうべきものであって、実際、自分のことを顧《かえり》みず、救命救急、難民支援、反戦運動、環境問題などに携わっている方々を見ると、人間が持っている神々しさともいうべき一面に瞠目させられ、また感動させられる。

一方、「エロース」とは何かといえば、自己の欠如・欠陥を補おうとするエトス（精神、気風、思考習慣）であり、自己を高めようとするパトス（情熱）であり、一口でいえば「自己愛」のことである。

「エロース」についてのこの解釈は、プラトンの「対話篇」の一つ、イデア論に関する代表的著作である「饗宴」（副題「エロース」について）で語られる。原題は「シュンポシオン」（シンポジウムの語源）で、古代ギリシャにおいて行われていた宴会、祝賀会のことである。

プラトンが「対話篇」として著し、ソクラテスが参加したとされるその宴会では、愛の神「エロース」について語り、賛美しようということになった。副題「美について」の対話篇の題名にもなった青年「パイドロス」や喜劇作家「アリストパネス」らが「エロース」について演説し、最後にソクラテスがアリストパネスの説を敷延《ふえん》しつつ結論づけるという構成になっている。

アリストパネスの説は、傲慢《ごうまん》となった何種類かの「原人間」（ともいうべき人間の原型）がゼウスの怒りにより二つに引き離されたという説から始まる。例えば、元々男女一体であった原人間は、男と女とに分けられたことから、元の姿に戻ろうとお互いを強く求め合う存在となった。これが「エロース」の根本であるという。これは比喩的に語られたことであり、その言わんとするところは、人間は本来的に不完全な者であるから、完全なる全人的存在となるために理想追求を行うよう運命づけられているが、その行動のエネルギーとなるものこそ「エロース」であるというのである。

ソクラテスは、「エロース」とは神と人間、知と無知などの中間的存在、仲介者であると言う。そして「エロース」は、自らに欠けているもの、善、知、美、また良きものを永久に自らのものにしようとする根本的な力であると語った。つまり、「エロース」とは、不完全さを自覚した人間が完全の高みを目指そうと思い続ける意志エトスであり、燃え上がる情熱パトスであるとした。

「エロース」とは、キリスト教の「アガペー」（利他愛）に対し、自己を完全なる存在に高めようとする「自己愛」であるが、ここで人間が持つこの二つの愛の在り方について、優劣をつけ、「あれか、これか」の選択で決着をつけようとするものではない。それは、とんでもない見当違いである。

「自己愛」と「利他愛」は、ともに人間を形成し、人間を人間たらしめるものであり、そのいずれも欠くことはできない。「自己愛」（エロース）は、人間がその生涯を通じて自己を高めるためになくてはならない要素であり、「利他愛」（アガペー）は相互の助け合いの中でのみ成立する、人間社会になくてはならない要素である。

「自己愛」（エロース）と「利他愛」（アガペー）は、相対立する関係にはなく、両者はいずれも欠くことのできない人間社会における根本原理である。

「自己愛」（エロース）と「利他愛」（アガペー）のいずれか、ないし両方が未だ目覚めていない人間が「エロス」（色情、性欲）の奴隷となり、「グロテスク（美・高潔さの反意語）」、「ナンセンス（知性・常識の反意語）」の世界に堕ちているのである。彼らは、人間をして、完全の高みを目指そうとさせる継続的な意志エトスにして、燃え上がる情熱パトスである「エロース」（自己愛）が欠落しているか、あるいは「利他愛」（アガペー）を欠いているのである。そのため、肉欲の中で自己中心的な快楽に耽《ふけ》り、自らの本性を見失っているのであり、グロテスク、ナンセンスの世界にあって、その無知から本来求めるべき目的を知らず、本来あるべき境遇からかけ離れた世界で徒《いたずら》にうごめいているにすぎない。したがって、「エロス」の奴隷となっている人間の「エロース」を目覚めさせなければ、生涯奴隷のままで生き続けなければならないのである。

長い年月の間、「エロース」は、その本来の意味からかけ離れた情欲、色欲、性欲の象徴として人間に扱われ、恥辱の谷間を歩かされてきた言葉である。「エロース」は、常に肉欲に耽溺した人間の汚れた本能とともにあることを余儀なくされ、そうした状態をまぬがれた人間からは侮蔑、軽蔑の視線を浴びせかけられてきた。

「アガペーとエロース」という名著により、「エロース」は同じギリシャ語であるアガペーと対照させられながら、なおかつキリスト教倫理的にはアガペーより劣るものとして説明されたが、著者ニーグレンはキリスト教神学者であり、アガペーの優位を説くのは当然というべきである。

しかしながら、「エロース」は、人間が、完全なる全人的存在となるために理想追求を行うよう運命づけられており、その行動のエネルギーとなるものであるとして正しく定義し直された。これにより「エロース」は、それまでの情欲の権化のような扱われ方をされ、侮蔑の対象となっていた境遇から復権を果たしたのである。

人間には、集団として協調しながら生活しようという本能とは別に、一個人としてその人間性を高めたいという、持って生まれた精神的な傾向がある。集団の中の倫理意識とは別に、自己を高めたいという本能的な欲求である。

それは、禅で言うところの悟り、自我を超越した境地、脱俗的自己意識、神的な存在との意識の共有など、多くの修行者や賢者や哲学者や宗教者が目指してきたものである。そこまで大げさにいわないまでも、誰しもの心の中に多少の差はあれ、「向上心」というものがある。平たく言って、これが人間の「エロース」ではないだろうか。

いつの世でも情欲に耽溺し、また、安易で非生産的な人生を歩む者が絶えない。それは、時として依存性の高い薬物などの摂取も含め、自己破綻・破壊を招くこともある。特に近年の現状を見るに、人々は好むと好まざるとにかかわらず、高度に発達したマスコミ、インターネットなどを通じて、安易で通俗化した文化に呑み込まれてしまっている観がある。

価値観・尺度・水準の設け方が麻痺し、一回性の人生において、人間が本来持っている向上心が発揮されず、逆に人間として後退しているのではないかと思われることさえある。これは、人間の「エロース」が出現する機会を与えられず、逆に情欲に耽溺した「エロス」のまっただ中で「エロース」が発現し、究極の情欲をめざしているかのようである。

安易で堕落したライフスタイルをエロ・グロ・ナンセンスと表現するなら、この状態を改善する方法は人間に本来備わった機能・エネルギーである「エロ」、つまり「エロース」を発露させる以外にはない。

ただ、この普及のためには「言葉」上の障害がある。

「ご子息やご令嬢の行く末についてご心配されている保護者の皆様、また、ご関係の方がすでにエロ・グロ・ナンセンスの世界に耽溺《たんでき》していることを嘆かれている皆様、ご心配は杞憂《きゆう》にすぎませんし、現にエロの世界に浸《つ》かりこんでいる人々もそっくり引き上げる方法がございます。それこそ、他ならぬ〈エロース〉略して〈エロ〉の普及にほかなりません」

こんな発言をしようものなら、全国のＰＴＡをはじめあらゆる教育団体から非難の嵐が吹き荒れそうである。

「エロース」の復権といいつつも、復権されたのはニーグレンの著書を読んだ者および拙著を通じてその消息を知り得た方々だけである。「エロース」が、その正しい意味において復権されたとはいえ、その「名前」のゆえに世間一般からの正しい理解、少なくとも歪曲された誤解の払拭は得られないであろう。

「名前」や「外見」は、その内容にも増して世間では重要な要素である。まず「名前」と

「外見」があって、そのあとに内容がついてくるものだ。それは、ジャン・ジャック・ルソーをして「外見が私を罰したのだ」(『透明と障害』より)と言わしめたほどに、この人間社会における如何ともしがたい判断基準だからである。

ならば、「エロース」を復権させたニーグレンの功績は無に帰するのであろうか。キリスト教の「アガペー」(利他愛)の崇高さが改めて確認されたものの、比較対照された「エロース」は再び誤解された恥辱の世界へと落ち込んでいくのであろうか。

それこそ杞憂《きゆう》である。確かに「エロース」は「言葉」として、また誤った概念として恥辱の谷間を歩かされてきた。とはいえ、ニーグレンが復権させようがさせまいが、これは我々人間が例外なくその属性として持っている「向上への意志」であり、これを支えるエネルギー源であって、ここで改めて声高らかに「エロース」の復権を世間にふれ回る必要などないのである。

「エロース」について真の意味を説明し、「エロース」のすばらしさと社会における意義について人前で熱く語る必要はないのである。そのことであなたが必ず受けるであろう要らぬ誤解や嘲笑、陰口などに身を置く必要はない。

要は、一見悲観的にならざるを得ない社会の状況、多くの人間がエロ・グロ・ナンセンスの世界に生きているという実態はそれとして、「エロ」にまみれている彼らの中にも

「エロース」は確実に存在しており、いつかは発現するであろうこと、そしてその事実をあなたが確実に「知っている」ということで十分なのである。多くのティーンエイジャーたちがそのエネルギーを持て余し、暴走行為に走り、良からぬ道にはまり込んだりすることはいつの時代でも同じだ。だが、彼らがいつの間にか立派な家庭を築き、良き親、配偶者へと変貌している事例は枚挙にいとまがないほどだ。

あなたには、「利他愛」（アガペー）とともに「エロース」（自己愛）が備わっており、あなた自身そのことに思い当たるふしがあり、また経験があること、そして同じく人類のすべての同胞にも例外なく備わっていることが確認されればそれでよいことである。

それにもかかわらず、多様な段階、状態の人間が存在していることは、それがすでに十全に機能している者、機能し始めている者、未だ発現のタイミングに至っていない者など、人間としての成長の度合いが異なっているからにほかならない。

「自己愛」と「利他愛」とがバランスよく機能している者は、自己の高みを目指しつつ社会に奉仕する人間になるであろうし、「自己愛」が多く発現している者は、例えば高学歴を目指し、また出世したいと願うか、あるいは、修行者となり自己の精神を高めようと努力するだろう。「利他愛」が完全に発現している者は、例えばマザー・テレサのように自己のことなど全く念頭にのぼることさえなく、他者のために尽くし続けるだろう。

だが、マザー・テレサにおいても「自己愛」が発現した時期があったはずであり、それにより、看護学を究め、看取りの精神を学ぼうと努めたはずである。専門の学問を修め、技術に習熟しよう、人のために尽くせる人格を獲得しようといった、自己を高めようとする「自己愛」に「利他愛」が同時に発現した究極の姿を、マザー・テレサといった人々に我々は見いだし、感動し、「自己愛」と「利他愛」とがバランスよく機能している者として、また人類の模範的姿として目標とするのである。

第6章

不完全な汎神論

神学者T・S・エリオットは、その著「キリスト教と文化」で、西欧社会を近代科学・産業の先進国として推し進めてきた原動力を、キリスト教に代表される「一神教」の教義、考え方の中に見いだそうとした。神の「無限性」という「属性（本質）」を論理的に考えると、導き出される結論は、「唯一なる存在者」以外にはあり得ないからである。

逆に、「複数の神」から導き出される結論は、当然のことながら神の「無限性」を否定する。このことが、人間の持つ知性、悟性、理性に混乱を引き起こすことになる。

したがって、アニミズムをはじめとする多神教を信奉する国、地域では、合理的思想が育つための土壌を欠き、いかなる近代的合理思想が醸成される環境も生じないというのである。キリスト教神学において、こうした切り口の考察はユニークであり、また確かに一理ある考え方であろう。

およそ現在の先進国において、国民の大半がアニミズムを信奉している国は我が日本くらいのものである。神道（神社神道系及び教派神道系の全宗派）は多神教であり、仏教においては神を措定しないものの、万物一切に仏が宿るとする考え方をとる。神道は、中心となる神を措定しながらも、これに準ずる神、あるいはこれに端を発する直霊（ちょくれい・なおび）が存在するという考え方を基本としている。

要するに、一神教の信徒と無神論者以外の日本人の大部分は（こんな考察を各自が自主的に、また真顔《まがお》で行っているとは到底思えないが）、複数の神を（無意識にも）信奉する多神教徒であり、同時にあらゆるものに「仏」が宿ると（これまた無意識のうちに）考えているアニミズムの信奉者でもある。また、ニヒリスト（無神論者）を標榜《ひょうぼう》する人々に会い、その考え方、もっというとその心理を分析してみたが、西欧社会に存在する生粋《きっすい》の（本物の）ニヒリストはまずいないと言っても過言ではない。

日本に生まれ、日本で育つ限り、日本固有のアニミズム「たそがリズム」が知らず知らずのうちに心にしみ込み、醸成される。その結果、「科学的立場に立つ者として」という決まり文句（前口上）に続いて、「神は存在しない。ニーチェの言を引用するまでもなく、宇宙は無目的なる自動機械にすぎない」と結ぶ。神が非存在であると考えることが、科学的立場を取る人間の必須的態度であるといわんばかりである。

彼らの言動は非常に面白い。科学的という言葉を使うが、その実、「感情」により判断している。人間誰しもが、潜在意識の中で「認めたくない事実」「不都合な事実」というものを持っている。生活の中で必要なのは平穏さ、昨日と変わらぬ常識が通用する毎日なのであって、それがくつがえることに異常なほどの恐怖感をいだいている。だから、「認めたくない事実」に対し、恐怖心を根底に持つ感情により否定する。否定することで安心感を得る。否定することは、また容易《たやす》いことでもある。

神が存在しないということを論証することは不可能だ。だから無神論もまた論理的な確固たる基盤を持ち得ない。結論の出ない水掛け論を続けている二つのグループのうち、どちら側に与《くみ》するかは認識の段階の相違、性格、生活環境、もっと言えば好みの問題だ。理屈ではなく感情的な決断にすぎない。

神が存在しないという立場である無神論。ニーチェは、言うまでもなくその独自の概念、悲劇的認識、ニヒリズム、デカダンス、ルサンチマン、超人、永劫回帰、力への意志などによって、それまでの西洋思想にはない新たな思想を生みだした。その多くはいわゆるゾロアスター教の始祖ザラスシュトラ（ツァラトゥストラ）によって語られる。しかし、その思想はザラスシュトラ自身の考え方とは無関係である。

ニーチェがその思想をザラスシュトラの口から語らせたのは、ゾロアスター教では、道徳、誠実さが重んじられたことに由来する。すなわち、ニーチェが重視する「真理への誠実さ」をもって語る資格があるのは、道徳について最も経験を積み、誠実さを重んじるザラスシュトラをおいて他にないという理由による。その誠実なるザラスシュトラに「神は死んだ」（Gott ist tot）と語らせる。

しかし、もともとニーチェの専門分野は古代ギリシャ思想、哲学、文献学なのであり、ニーチェはギリシャ哲学に傾倒していたという側面を持つ。ニーチェが語らせたその思想には、実はギリシャ哲学が少なからぬ思想基盤として（無意識のうちに）共存していたと私には思われてならない。

もっとも、いかなる哲学者にあっても必ず前時代・同時代の思想家の影響を受けているものであって、ニーチェとてその例外ではないだけのことであるが。

前述したとおり、西洋の宗教での唯一神、一なる神は、日本人にはなじめない。よそよそしく、現実的でない。周りを霊命《いのち》にかこまれ、そのうちに生をもらい、生をいき、霊命に祈り、霊命を愛し、霊命のもとに還《かえ》ること、これが日本人の生きるアニミズム「たそがリズム」の現実である。

キリスト教など一神教の国々でも、イエスなどの宗祖が現れるまでは自然崇拝・アニミズムを信奉していたのが普通であった。各宗祖は一なる神の教えを説き、それぞれ一神教を信奉するようになった。

日本人は、意識するしないにかかわらず、アニミズム（「精霊信仰」、「汎霊説《はんれい》」、万物、森羅万象《しんらばんしょう》に神が宿るとする考え方）がその精神のうちに奥深くまで根付いている。信仰についての街頭インタビューなどをたびたび耳にすることがあるが、若者を中心に、無宗教、無神論との回答が返ってくる。中高年者も同様であるが、墓のある菩提寺があるがゆえに、仏教の何々宗に属しているとか、うちは代々神道なのでといった、およそ信仰心とはかけ離れた答えが返ってくる。

ところで、仏教の宗派に属するか、神道に属するかは、形式的には冠婚葬祭の際に重要となることだ。だが、日本人は仏教の宗派に属しながら、同時に地域の神社の氏子《うじこ》など神道にも属していることが多いことから、葬儀には寺を使い、あるいはセレモニーセンターに同宗派のお坊さんを呼ぶ。

他方、七五三であれば神社に詣で、結婚式では神主に祝詞《のりと》をあげてもらう。除夜の鐘を寺で打たせてもらいながら、正月三が日には神社に初詣する。現在では宗教セレモニーでのファッション性も重視され、一週間なり教会に通い、にわかキリスト教徒となって、念願のチャペルで神父の立ち合いによる挙式をあげる。

一見、不節操にみえるが（事実、他国の人には信じがたい頭の構造、破天荒な行為にみえるであろうが）、その実、日本人は確固たる信仰心を持っている。ただ、それがハッキりとした形態や名称や思想になっていないがために、わかっていないないだけなのである。

先進国ではユニークな、多神教にしてアニミズム大国である我が日本においては、たとえば天照大神・大日如来のような宇宙規模の神・仏についても、「無限性」という概念がない。「神」についての西欧的な「無限なるもの」という認識よりも、八百万《やおよろず》の神のより上位に位置する神、諸仏、菩薩のより上位に位置する仏・菩薩という「相対的な関係」を持つ存在として、「無限性」を属性としていない。阿弥陀如来、弥勒菩薩にしてもしかりである。

一方、すべての事物に仏が宿る、神がおわす。一寸の虫にも五分の魂。こうしたアニミズムが日本人の精神性の特徴である。

しかし、これは純粋な「汎神論」ではない。樹齢数百年の樹木やその幹を匍《は》う蔓草《つるくさ》、根本に生《む》した瑞々《みずみず》しい苔、水を飲むために羽を休める蝶や、草むらで鳴く虫たちに、あるいは神が宿り、あるいは仏・魂があると考えても、その周りの土くれにまで神的存在が宿るとは考えていない。丹精込めて育て、黄金色に実った稲穂に「仏」が宿り、あるいは神気に満ちていると考えても、やはり田んぼの土くれにまで神的存在が宿るとは考えていない。里山や社《やしろ》のご神木には畏怖すべき神が宿ると考えても、神聖なのはその一本の樹木であって、それが根を張る大地までをも神の一部とは考えない。信仰の対象となる霊山もあるが、日本列島を形づくるほとんどの山々は単なる山にすぎない。

これが日本人の信仰心の特徴であって、日本人の宗教観は「汎神論」ではない。スピノザがデカルトから受け継いだ合理主義的方法を「神の無限性」に適用すれば、必然的に宇宙万物一切が神であるという「汎神論」となることは必然の結果である。つまり、宇宙万物一切は神から成る。なぜなら神は無限であるから。「地球世界以外の世界において、神は無限である」という命題は、それ自体矛盾である。神の属性が無限であるならば、地球もまた無限なる神の一部でなくてはならない。この優れた哲学者の理論が、キリスト教にとって異端とされたのはやむを得ないことである。

この論法から引き出される結論として、唯一なる神は、イエスにのみキリストとして降臨したことを否定する。汎神論は、宇宙万物と同様、すべての人間もまた神から成ることを結論として導くからである。

一方、日本においては、日本人の宗教観を形成した日本固有の神話においても、神道（神社神道、教派神道）、仏教等においても、「神的存在の無限性」という概念自体がなく、そもそも論理的に考察されたこともない。日本人の宗教観は合理性、論理性とは無縁であり、「汎神論」にまで洗練されていない。また、アニミズム（自然崇拝）と同時に八百万《やおよろず》と呼ばれる多数の神々と共存しており、したがって信仰における論理的「矛盾」が生じる土壌はない。

日本人の宗教観とは、スピノザがその合理主義で到達した「純粋な汎神論」ではなく、日本古来の「アニミズム」を受け継いだ「不完全な汎神論」である。そのため、自然界の諸々《もろもろ》の存在・事象について、あるものには神・仏が宿り、その他のものには宿っていないという考え方をとる。そして、これにしたがい、多くの数え切れないほどの神が措定され、日本人は八百万と呼ばれる多数の神々と共存してきたわけである。

日本人は、こうした「アニミズム」から受け継がれた「不完全な汎神論」という形での信仰を持っている。日本人は、意識するしないにかかわらず、太古からDNAレベルで受け継がれてきた、自分自身でも表現・定義不可能な確固たる信仰を持っている。それは多くの場合意識されず、日本人に自分は無宗教だと語らせるが、日本人の集合無意識として、日本人は、この信仰のうちに生まれ、生きる。

太陽、月、山、河、大木、祠《ほこら》、一寸たらずの虫にも神霊が宿り、自然現象である風、雷も神霊（風神・雷神）により発せられ、またそのうちに宿るものである。親は子に、漆黒の空に、夜ごと姿を変えて超然と輝く月を指さし、「のんの様」と畏敬の念を込めて呼ぶ。自然・万物、日々の生活の中で、代々伝わる雛人形、こけし、什器、神棚、御札、大黒柱、その周りを取り囲む自然の中に神霊《いのち》が宿る。

哲学的・論理的でない不完全な汎神論・アニミズムが、日本固有の独自の自然観・神相観・信仰ともいうべきものをつくり出し、育んできた。日本人は、霊命《いのち》に囲まれた世界に生を受ける。意識にはのぼらない、いわば「生まれながら」「本能的」ともいえる感性が、日本人には備わっている。

子どもは、日本人特有の「本能」ともいうべき感性から、暗闇《くらやみ》、独《ひと》りになることを極度に怖《おそ》れる。安全な家の中に居ながら、独りは怖《こわ》いのである。なにものかの気配を感じるのだ。なにかが居ることを知っているのだ。それが何なのかはわからない。大人になると常識、理性（と称するもの）が優位に立ち、子どもの頃の本能、感性をマスクする。覆《おお》い隠《かく》してしまうのである。だが、意識にのぼらない深層心理のうちに脈々と流れ続けている。

そうした感性が、近年ブームになっている「Ｊホラー」の背景にある。Ｊホラーの世界において恐怖の対象となるのは、ゾンビでも特定の悪霊でも悪魔でもなく、得体の知れない何ものかである。異界にありながら同時に現界にも現れ、文字どおり不死・無敵であって、キリスト教で行われるエクソシズムなどの儀式によっても打ち払えない存在である。人間が抵抗できない存在であって、逃れる術はない。

他国では、このような存在は発想できない。というより、そのようなものは存在せず、そうした定義づけられない存在への怖れ、説明し得ない恐怖心も元々ないのである。他国における恐怖の対象となるのは、原因を持ち、理由を持ち、プロセスを持ち、具体的な存在となった「個体」である。その原因をさかのぼり、原因、理由とプロセスを分析することにより、対抗手段を講ずる余地もある。

不完全な汎神論・アニミズムが精神文化の深い部分に根差す日本においては、得も知れぬ怖れの対象がアニミズムから生まれる。それは自然のうちに宿り、生息し、不完全な汎神論であるが故に、人もまたその一部である万物に宿る神霊《いのち》（それが怖れの対象である）と人間とは、同質の神霊を与えられている。

恐怖の対象とは、自分がそこから生まれてきた世界から現れるものであり、日本人がいずれそこへ帰幽《きゆう》する、帰るべき世界なのである。だから、もともと恐れの対象は不死身であり、抗うことのできない存在なのである。立ち向かうことのできない存在であり、あえて対抗すれば自分の帰幽する時期を早めるだけである。人生のシナリオを強制的に中断され、嫌々《いやいや》引き戻される。それはこの上もない不幸であり、だからこそ、半端ではない恐怖を覚えるのだ。

日本各地のいずれの村落にもある熊野神社、八幡神社などは、子どもたちにとって格好の遊び場である。走り回る足下には大きい山蟻《やまあり》の巣があり、周りの草むらには擬態《ぎたい》した大きな「ななふし」が笹になりすまして枝ごと風にそよいでいる。古びた小さな神社の賽銭《さいせん》箱《ばこ》が置かれた拝殿《はいでん》。子どもたちにとっては馴染《なじ》みの建物だが、そこから繋《つな》がる細長い幣殿《へいでん》、その奥に御神体が安置してある本殿がある。

木々に囲まれ昼なお暗い建物の中に納まる存在は、子どもにとっては未知の、得体の知れない、畏怖《いふ》すべき、また畏敬《いけい》しなければならない何ものかであることは、教えられずともわかる。

休みの日、子どもたちは菓子パンを持って、里山の小径《こみち》から普段より少し遠出の冒険に出かける。川沿いの薄暗い道を辿《たど》りながら山道を登っていく。沢沿いの道から次第に曲がりくねった薄暗い山道となる。休み休み登っていくと、急に目の前が開け、風が吹き通る場所に出る。そこには、人気《ひとけ》がない、また近頃人の訪れた形跡もない古びた建物がひっそりと建っていた。

年上の子が、乾燥しきったかのように節くれ立った板に彫られた文字を読んだ。「軍太《ぐんだ》利《り》神社」。そういえば、大人たちが「ぐんだりさん、ぐんだりさん」と話していたのを思い出した。「ぐんだり」という、日常の日本語からは違和感を覚える言葉の響き。里からだいぶ入り込んだ山の中に建つその社は、ずいぶん長い間参拝者がいなかったことを物語るかのように、落ち葉にまみれ、何かが貼り付けられた名残《なごり》の紙片は、太陽と風雨にさらされ、深く黄ばんでいた。

それにしても、「ぐんだり」神社の周囲の木々は広く刈られ、見上げれば蒼《あお》い空、頂から吹き下ろす強い風が子どもたちを巻きこんで吹き通っていた。振り返れば、今さっき登ってきた山道が薄暗がりの中に消えていく。この山道は、「軍太利《ぐんだり》神社」への参道でもあったのだ。

だが、山道はその社で途切れているわけではない。道は社の前を通り過ぎるように、さらに暗い山中へと続いていた。

軍太利神社の拝殿は陽光に照らし出され、古めかしい建物ながら、暗い山中でライトアップされたかのように異様なほど明るく浮き出していた。拝殿から連なる幣殿《へいでん》の屋根の一部が光を得て、それとわかる。だが、その先にあるはずの本殿は全く見えない。そこには、「ぐんだり」と呼ばれる存在が鎮座しているのだろう。子どもたちは微動だにせず、眼前の光景を眺めていた。

里から子どもの足にしても二時間も登った山中である。ふと見ると、あるはずの賽銭箱《さいせんばこ》も置かれてない。何のための神社、社なのだろう。

それは、里で毎日慣れ親しんだ熊野神社などのような氏神《うじがみ》様ではなかろう。氏神は地元の氏子の守り神である。小さな村役場の戸籍係のように、集落のすべての氏子を知り、見守り、時に応じて面倒をみる身近な神である。氏神を祀《まつ》る地域のほとんどの人々は、初詣で遠くの有名な大きな神社に参拝しても、それは自己満足に過ぎないと考えている。集落の人々を、一人一人知り、日ごろから見守ってくれている氏神様に詣で、感謝し、祈ることは、ごく当然のことと考えている。

だから、歳末の大掃除は念入りに行い、心をこめて「おしんめい」を貼り、しめ縄を張るのである。そんな時、子どもたちは拝殿、幣殿の奥、本殿をかいま見る。氏子総代などが本殿を清掃し、ご神体と思《おぼ》しきものを清拭《せいしき》する。遠目では子どもたちにはよく見えない。それでも、この集落の人々の、今年生まれた赤ん坊からお年寄りたちまでのすべての住民の守り神であることはわかる。

その守り神とは何ものなのか、子どもたちにとっては依然として得体の知れない畏怖《いふ》すべき存在である。だが、少なくとも大人に連れられて参拝し、手を合わせ、見よう見まねで拝礼《はいれい》している間に、また、その境内で日々遊んでいるうちに自然と馴染んでいく。ご神体とこの社に宿る存在は、決して怪しい危険なものでない、それどころか、自分たちを守る味方なのだ、大人やお年寄りたちの心の拠りどころとなっている大切な存在なのだと実感するようになる。

それに比べ、今、子どもたちの眼前に立つ「ぐんだり」という一種異様な響きを持つ社。大人やお年寄りたちが日ごろ訪れるには、遠く、山道は険しい。里から隔絶し、深い山中に隔離されたかのような社。

子どもたちは、その佇まいに異様さを感じ、「ぐんだり」が納まっている拝殿の奥の本殿を想像する。ひょっとすると、「ぐんだり」は、こちらに気づき、さっきから子どもたちをじっと見続けているのかもしれない。人間ではないのだから、自分たちがここに来る前から現れることを知っていたにちがいない。

子どもたちは、誰からともなく引き返し始めた。暗い山道、ここは「ぐんだり」の参道なのである。普段人々が行き来する道からの分かれ道、子どもたちが分け入った細い径《みち》。今大急ぎで下っている山中の小径は、その分かれ道のところまでは「ぐんだり」の参道なのだ。「ぐんだり」の力が及ぶ領域なのだ。今も「ぐんだり」は、背後から、上から、前から、自分たちを見ているにちがいない。山中の奥にひっそりと建つ社、そこに宿るものがどうして自分たちを見過ごすだろう。

拝礼もなにもせず、後ろ足で砂を蹴るがごとく、逃げ帰ってきた人里離れた社である。子どもたちは、「ぐんだり」の参道のそこかしこに何かの気配を感じるような気がした。そう思い始めると、実際に感じるのである。

以上の話は、実は私が若い頃経験したことでもある。山中深くに「軍太利《ぐんだり》神社」を見つけたとき、連想したのは「クンダリーニ」であった。ヨガにおいて、チャクラを流れるエネルギーと考えられているものである。通常のエネルギーと異なるのは、これを目覚めさせない限り人間の尾てい骨付近で眠り続けているということである。このクンダリーニが目覚めた様《さま》は、らせん状に火のようにのぼっていくとされ、「蛇火《じゃび》」ともよばれる。

密教との関係が考えられるため、修験道の影響も受けているにちがいない。チャクラ内を流れる通常のエネルギーとは異なり、修行により目覚めさせると、人間の頭頂を目指して上《のぼ》っていく。その過程で各チャクラを開いていくのであるが、クンダリーニが上方に向かわず、下方に下った場合には、その人間を廃人にするともいわれている。したがって、いきなりクンダリーニを覚醒させるのではなく、安全のため、修行により上方のチャクラから順次開いていくものだと聞いている。

こうしたことから、人里離れた山中に建てられるのであろう。氏神としての地域の神社ではなく、修行に関連した建物として、その性格を異にする神社なのであろう。

後年、家庭を持ってからは、ごくごく当たり前に七五三、初詣などには、由緒ある一宮浅間神社などに家族とともに詣でたものである。しかし、家族に心配事などが生まれると、当人を伴って、歩いて三分の氏神様に詣でるのを常としている。例えば、子どもの高校受験のときなどである。

受験は人間のごく個人的な問題であり、また公平な競争のうちに成り立つもので、神に祈るべきものではない。それは、多くの受験生がそれぞれ努力している中で、自分だけに神のご加護を与え給えという、自分勝手で、神をまるで願いを叶える道具として扱っているのと同じである。宝くじが、馬券が当たりますようになどというのは問題外である。神に人間の私欲を押しつける、余りに畏れ多い所業である。

それを重々承知のうえで、受験のプレッシャーに潰されそうな子どもを氏神様のところへ連れていく。子どもながら気を晴らしたいのである。

「なぜ、大きな神社に行かないの？　神主さんもいないし」

必ず子どもは聞いてくるものである。

「氏神様は、ここの地区の守護神様であるし、お前のことも生まれた時から見守っていてくださる。氏神様に挨拶せずに、どこの神様にお参りしたいんだい」と答える。

拝殿に着くと、我と我が子の無礼を赦し給えと念じ続ける。子どもには、普段行う二礼二拍手一拝ではなく、歩く道々《みちみち》教えた正式な心のこもった参拝をさせる。「一揖《ゆう》二礼二拍手一礼一揖」である。一揖とは、深々と頭を下げる「礼」に先立ち、またその後に軽く頭を下げることである。神を前にして、心の深奥からわき出た想いで自然と頭《こうべ》を垂れる行動であってみれば、礼以上に心が込められた行為といえるかもしれない。

当然のことであるが、礼拝は単なる作法ではない。機械的な礼や拍手であれば、心は神には届かない。回数を増やして五〇回繰り返したところで、腰の筋肉に張りが生じるだけのことである。

私が尊敬し、愛していた祖母が荼毘《だび》にふされた時、口と思《おぼ》しきところへ三度水を付けたことがある。決まり事としては二度なのであるが、学生であった私は、火葬にされ、かろうじて口らしき形が残っている顎《あご》の部分を見るにつけ、悲しみに打ちひしがれ、心からの哀れさと、そして感謝の念を感じていた。

その時、喪主を務めていた叔父が辺りに聞こえるほどの大声で、「三度もやる奴があるか、馬鹿」と言った。この叔父にとって、失った実母への想い以上に、儀式における作法の回数の方がよっぽど大事であったのだろう。

儀式における作法はもちろん重要であるが、それ以上に心情こそ大切である。悲しさの余り、二礼するところを思わず三礼してしまったとして、誰が作法の誤りを咎《とが》めよう。葬儀などの儀式が形骸化《けいがいか》したことは、日本人として残念であり、形、外見、他人への見栄への異常なほどのこだわりに失望せざるを得ない。

さて、「ぐんだり」の力が及ぶ領域から集落へ戻った子どもたちは、やっと安堵感を得た。いつもの遊び場である熊野神社に集まり、これから何して遊ぼうという相談である。誰も「ぐんだり」のこと、今日の遠出のことを口にする者はいなかった。子どもらしく、すでに頭の片隅から忘れ去ったのであろうか。

いいや、そうではなく、一つ疑問が増えたのである。あの神社に祀られている何か、それが何であるにせよ、同じ神社であってみれば、この氏神様に祀られている存在とそう変わるものではなかろう。しかし、氏神様とは異なる何ものかであって、同じく目に見えず、人間に何らかの影響力を持つ畏怖すべき存在であることはまちがいない。

私自身もそうであった。子どもの頃、まだ自我が目覚める前の、いわば確固たる「自分」というものが形成される以前、自然の中に溶けこんで生活していた頃、日ごろ感じていたあの感覚。

独りで家の中に居ることが怖かったのだ。何故かわからない怖さ。安全なはずの住み慣れた家。何かの気配を感じていたのか、がらんとした部屋の中で、毛布にくるまっていた記憶がある。毛布から顔を出すのが怖いのだ。足の指の一本さえ毛布の外に出ているのが不安の材料となる。

暑いので恐る恐る顔を出すが、目を開けられない。買い物に出た母親の帰りが待ち遠しい。寂しいのではなく怖いのである。西洋にある大きな屋敷ならまだわかる。部屋が何十もあれば何かが潜んでいてもおかしくない。それに廊下が長く、直角に曲がっている。その先は見えない。そんなフロアーが二階、三階、あるいはそれ以上あったならさぞかし怖いにちがいない。

当時、私は公営アパートに住んでいたのだが、2DKかせいぜい3DKである。ほぼ全体が見渡せる狭い空間なのに、何故か怖いのである。言い知れぬ怖さとでもいうべきなのであろうか。我慢できずに、カギもかけず外にとび出す。午後の四時を回ると、何棟もある鉄筋コンクリートのアパートには人影もない。

上の階に登って遠くを見ようと、アパートの階段を上がろうとするが、踊り場もある直角に曲がったコンクリートの階段は暗く、上るに従い不気味になる。怖くなって途中で駆け下りる。

仕方ないので、近くの荒川の方に歩いていき、土手の道を登った。陽が沈みかけた空は美しく、その夕映えが川面に反射していた。その時、怖さは消え失せていた。

誰もいない夕暮れの土手。本来なら怖いはずなのに、心は安心している。何故なのかはわからない。周囲に自然を感じ、自然の懐《ふところ》の中に入ったからなのか。近くの草むらから虫の音《ね》がする。沈みかかった陽の光を浴びた鳥たちが川辺で地面や川面《かわも》をついばんでいる。カラスが家路につき始め、コウモリたちが舞いだした。

人でなくとも、そうした命を目にしたことで安心したのであろうか。わからない。とにもかくにも、暗くならないうちにと子供の足で早歩きする。家に着く頃は、山の端がぼんやり目に入るくらいで、随分暗くなっている。

家の中は真っ暗だ。とても中には入れない。中は魑魅魍魎《ちみもうりょう》の世界のような気がする。すると母親が顔を出し、今帰ったけれどいないから心配していたのよと言って明かりを点けた。家の中から電球の黄色い光があふれ出す。家の中が安全になると同時に、暗い外が逆に怖くなる。

理由もなく、怖くなったり安心したりを繰り返す。子供の心はデリケートで不可思議だ。何かを感じていたのだろう。成長するにつれ、理性が感情に勝《まさ》るようになると、原因不明の怖さは意識下に閉じこめられ、普通の大人になっていく。

しかし、今も私は感じるのだ。普通のオジサンになったのだが、家に独りで居るとき、あの子供の頃の怖さを覚えることがある。それは単なる幼児体験の再現だと、簡単に合点《がてん》する。だが、そもそも、あの子供の頃の怖さとは一体何であったのか。感じた気配の正体とは何であったのか。自然に溶けこんで生きていた頃の幼児体験とは一体何であったのか。

ラフカディオ・ハーンは、この国において感じた自然への畏怖心、アニミズム、得体の知れない何ものかへの怖れの感覚への強い興味、好奇心、憧れを持っていた。彼は、単に興味としてではなく、日本の風土の中で、感覚として感じていたにちがいない。それは、彼が住んだことのあるギリシャ、アイルランド、フランス、イギリス、アメリカ、西インド諸島では味わったことのない雰囲気、感覚であったはずである。

ハーンは、妻を通じて知った民話や怪談話から「Kwaidan」「Kotto」などの名作を生んだ。それは、文章、ストーリーとして洗練されていながら、本来なら日本人にしか理解できないであろうこの国が醸し出す独特の感覚、ニュアンスを的確に著している。日本人と変わらぬ心情から紡ぎ出されたかのようである。「ろくろ首」は、私の暮らす山梨が舞台だという。つい、どの辺りの話なのだろうと場所の見当をつけたりする。それだけ私自身の心が動かされているのだろう。

他国の人間にもわかるのだ。だから、「Jホラー」も「恐怖」という形で共感を得るのだろう。

だが、ハーンは、物見遊山《ものみゆさん》のJホラーファンとは別格だ。日本にたどり着く前のその数奇な前半生が、ハーンの精神性の中に、日本固有の風土に、日本生まれの日本人と変わらぬほどにとけ込ませるだけの土壌を育んだのであろう。

ハーンは、当時後進国であったギリシャに駐在中のイギリス軍少佐とギリシャ人の母との間に生まれた。二歳で父親の家があるアイルランドに移る。母は夫が外国に赴任中に精神を病み、独りギリシャに帰国した。

独り残されたハーンは、毎晩自分のベッドで、自分に迫る何ものかに怯《おび》え、泣いていたという。このころ、大叔母から厳格なカトリック文化の中で育てられており、幼いながら大きな孤独感を味わっていたにちがいない。

六歳で父母が離婚し、一三歳のとき一人フランスの神学校に行く。一七歳で父を亡くし、面倒を見ていた大叔母も破産して、当時在籍していたイギリスの学校も退学となる。そして、二十歳の時、移民船でアメリカに渡り、ジャーナリストとしての人生を歩んだ。

その後、アメリカで知り合った日本人の友人からの紹介もあり、島根県松江尋常中学校の英語教師となった。こうして日本に帰化し、日本人小泉八雲の後半生が始まったのである。

ハーンは、もともとアメリカのジャーナリストであったから、妻が語る舌足らずな話や荒唐無稽な伝承などを編集し、磨き上げ、一編のストーリーとして仕上げることは容易《たやす》かったであろう。だが、その卓越した文章の中に、ハーンの持っていた日本独特のアニミズムに対する尽きせぬ好奇心、他国に例を見ない話のユニークさ、不気味さ、畏怖感などがそこかしこで感じ取れるのだ。

「Kwaidan」「Kotto」などの中には、ハーンなくしては消え去ってしまった話、伝承も少なくないであろう。ハーンが感じていた不気味さは、私が「Kwaidan」「Kotto」などを読んだときに喚起される不気味さと同質である。西洋人が著したという不自然さが微塵も感じられない。この国の風土の中でどっぷりと育った、まさしく日本人が書いたものである。

神学校で学び、厳しいカトリック教育を受けたハーンが、キリスト教・一神教とは対極を成す日本の不完全な汎神論・アニミズムを体感し、咀嚼《そしゃく》し、自分のものとし、その中《うち》に自然と暮らしていたこと。それどころか、この国の風土を愛し、そこに根ざす様々な伝承を当時のどの日本人よりも精緻なほど見事に著していることは驚きである。

自然そのものの本性とも言うべき「アニミズム」。スピノザがデカルトから受け継いだ合理主義的論証の究極の結論として導き出した「汎神論」。日本人は、言わば、その中間に位置づけられる思想を精神の根底に持つ民族である。

それは、「不完全な汎神論」としか表現・定義できない信仰である。世界の各民族にあった自然崇拝・アニミズムに、古代神話の多神論が加わり、神を措定しない仏教がミックスされて生まれ、洗練化されて、今日《こんにち》まで営々と受け継がれてきた、極めてユニークな信仰である。

すべてのものに神・仏が宿るというアニミズム及び汎神論でありながら、特定の個別的な神・仏（天御中主尊《あめのみなかぬしのみこと》、国常立尊《くにとこたちのみこと》、阿弥陀《あみだ》、弥勒菩薩《みろくぼさつ》など）を措定するという信仰。一見矛盾しながら、根底にアニミズムがあるために論理的に矛盾撞着せず、自然と成り立つ信仰なのである。

日本には、古来、神そのもの・実体・存在根拠の基底といった概念はない。しかし、自然・万物に霊命《いのち》が宿るとする考え方は、個々具体的に論究されたことのない抽象論ではあるが、万物は霊命から成り立つと言い換えることができる。これは西洋哲学の存在論で、実体・存在根拠の基底の概念に相当し、畢竟《ひっきょう》、神そのものを意味するといえる。

この思想と並行して、個別的な各種の神・仏が措定されているわけである。個別化した神・仏（天照大神、阿弥陀、観音など）は、いわゆる信仰の対象としての神、人間と関わりを持つ神である。これは、西洋哲学でいうところの実体としての神そのものと、人間とその神そのものとの媒介者という理論と一致、もしくは酷似している。

一神教においては、神は唯一なる存在、一者であることから、存在の根底としてありながら、人間と個別的に関わる信仰の神という二面性を持つ。この二律背反の命題が、絶対的矛盾として多くの哲学者や神学者たちを悩ませてきた。そこで生まれたのが媒介者理論である。神そのものと、信仰の神という二つの神の措定である。ここで、その媒介者理論について概観したいと思う。

いや、はっきり言うならば、神が存在すると仮定した場合、神そのものと、信仰の神という二つの神の措定という仮説以外にはあり得ないのである。神そのものは、存在の基底である以上、永久に解明されることはない。研究・考察の対象となり得ないし、それ自体無駄なのである。

いや、全くの無駄とは言い切れない。数学界最大の難問と言われている「リーマン予想(仮説)」(Riemann Hypothesis)の証明が、宇宙の根本法則、いわば神そのものがデザインした宇宙の設計図の解明になるのではないかと考える数学者、物理学者が少なくないからである。素数に関わる問題である。

それは、1、2、3、5、7、11、13、17、19、23、29、31、37、41、43、47、53、59、61……と一見、無秩序に並ぶ素数について、スイスの天才数学者オイラーが試みた数式を、ドイツのリーマンがゼータ関数と呼び変え、計算した結果、0点が一直線上に並んでいることを発見したことから始まる。

無限に存在する素数の0点が永久に一直線上に並んでいることが証明されれば、無秩序に並んでいると考えられてきた素数の配列に規則性が発見されるであろう。現に、理論物理学の分野での仮説の基になる公式と素数の並びに関する公式とは、偶然にも酷似していたのである。

神そのものの宇宙・万物の設計書が解かれる日が訪れる可能性は、極めて高い。あらゆる科学にとって飛躍的な発展が生じるであろう。

だが、設計者である「神そのもの」、存在の基底として今私達を存在せしめている何者かについては永久に知り得ない。宇宙の設計書は、人間の設計書であるヒトゲノムの完全解読と同様に、いつの日か解明されるだろう。しかし、その設計者については永久に知り得ない。何故なら、その設計者は人間の「精神」とは次元の異なる「精神」をもち、なおかつ全宇宙を内包し、かつその基底だからである。

「原因は結果を含む」。未だ進化の中途段階とも言える人間にさえ「精神」はある。ならば、原因者の持つ「精神」とは如何なるものなのか。

人間の「精神」が「神そのもの」と同じ次元・レベルにまで達しない限り、それは解明されないだろう。私たち人類の、この宇宙の「設計者」にしてかつすべての「存在の基底」である「神そのもの」の「精神」。それを解き明かした時、あるいはその次元・レベルにまで到達したとき、文字どおり人類は「神そのもの」になっているだろう。

さて、以上が、私なりに、日本人の精神性について曲がりなりにも考察した結果である。日本人とは「根底にアニミズムを持つ不完全な汎神論者」であるというのが私の結論である。日本人は、他の国では見られない実にユニークな精神構造を持つ国民であって、なおかつそのことに疑問をもたないどころか、意識すらしていない。この国の人々は、自分たちのユニークさを意識すらしていない。この「意識すらしていない」ということに、私は自分の意識を向けた。このことが問題解決への何か取っかかりになりはしないだろうかと考えたからである。

これは重大なヒントになるのではないかという予感めいた意識が私の頭をかすめた。しかし、すぐに否定された。私の結論は、「日本人とは根底にアニミズムを持つ不完全な汎神論者である」という命題であって、そのこと自体を「意識すらしていない」という説明は単にこれを補足したにすぎないものである。たまたまこのような文言になっただけの話であり、他の表現で結論を補足することもできたであろう。私は、枝葉末節に囚われていたにすぎない。

私の考察が正しいのか、見当違い・的はずれなのかはわからない。だが、本来の課題である、沖縄病治癒に失敗した原因を発見するための端緒となり得たかどうかといえば、何らの進捗《しんちょく》も見られないというのが正直な感想である。行き詰まってしまったといえば聞こえはいいが、実際は、スタート地点から一歩も踏み出していないのも同然である。

第７章

神についての最後の考察

素粒子物理学の分野で、素粒子のうちのニュートリノ（中性レプトン・中性微子）に質量があることが日本人によって発見されたことは周知の事実である。つくば市にあるＫＥＫ（高エネルギー加速器研究機構）―ＰＳ（陽子加速器）から、岐阜県飛騨市神岡町に設置された宇宙素粒子研究施設に向け、光に近い速度まで加速されたニュートリノを発射する実験も行われている。日本はこの研究領域における先進国なのである。

こうした実験の積み重ねによる新たな発見、新たな理論が構築され、ビッグバン説により宇宙が発生したプロセスや、ビッグバン説そのものの証明根拠が発見され、また詳細に解明されていくにちがいない。ニュートリノ宇宙物理学の今後の進展が期待されている。このことは、仮に宇宙の基底たる神そのものが存在するとした場合、その秘められた一部を解くカギとなるかもしれない。

一方、数千年にわたる哲学者たちの、神についての「アナログ」的考察は死に絶え、その業績は人類文化の黎明期の足跡として哲学史にのみ留められていくのであろう。「デジタル化」がその象徴であるすべての分野における科学の急速な発達は、アナログ思考での「存在論」（事物の存在、宇宙の成り立ち、神の存在・属性等についての考察）を無益・非生産的な行動として、文字どおり歴史の舞台から消滅させてしまった。

こうした中、神学、宗教学はもちろん別として、「神そのもの」について机上で考察しようと試みる者など、よほどの変人か、とんだ暇人とみなされるであろう。しかし、私はそのとんだ暇人なので、神について考察したいという抑えがたい欲求がある。思うに、神についてのアナログ思考での考察・論究は、金輪際、未来永劫にわたって二度と行われないだろうと考えるからである。

なぜ、そんなに神についての考察にこだわるのか。それは、「これまでの、その人生を賭して考察を行った哲学者、神学者たちの哲学史上に残された功績を無駄にしたくない。なぜなら、アナログなゆえに真理を内包している可能性があるから」である。だから言わせていただきたい。

それにしても、人間による神についての考察は、これをもって最後にしよう。

学生時代から未だに私の頭の中に居座り続けている問題がある。公共放送で毎週楽しみに見ていた「刑事コロンボ」のように、「頭にこびり付いて離れない」疑問がある。W・

リンクとR・レビンソンによってつくり出されたこの倒叙推理《とうじょすいり》作品では、はじめに答えありきという特徴がある。通常の推理ものでは、犯人、犯行の動機、方法などが一切わからない状況からスタートする。読者や視聴者は登場人物とともに真相を推理する楽しみがある。

ユニヴァーサル・テレビジョンが製作したこの邦題「刑事コロンボ」では、冒頭で、犯人はおろか、犯行の動機、方法等、すべてが微にいり細にいり明らかにされる。通常の推理ものでは、話はここで完結しており、刑事にしろ探偵にしろ出る幕はない。

この倒叙《とうじょ》推理作品が視聴者を惹きつけてやまない要素は、ユニークにして魅力的なキャラクターであるコロンボ警部（実際の設定ではLieutenant：警部補）が、いかにして完全犯罪を企てた犯人を推理し、証拠を探し出し、自供に至らせるかという過程のおもしろさにある。これが唯一の要素といっても過言ではない。

一見してさえない身なり（雨の降らないロスには不釣り合いのよれよれのレインコートと、愛着を超えて使い込んだスーツ〈ピーター・フォークの私物である〉）、車検のないアメリカでさえ廃車となっていないのが不思議なほど走り込んだ骨董品のようなプジョー。刑事として威厳に欠ける捜査・接遇態度。相棒もなく、単独での聞き込みだけが頼りだ。

ときに、取っかかりさえ全くない状況で、コロンボは犯人を「直感」する。全編にわたって見られる特徴として、コロンボは犯人の目星をつけるのではなく、直感により犯人を的確に割り出しているように見える。その後の展開は、犯人を自供に至らせるための独特のやりとりによる聞き込みとメモによる証拠固めに終始する。その上、証拠の多くは物証ではなく、コロンボが論理を積みあげるための状況証拠である。状況証拠の積み重ねによって、したたかな犯人にも自供以外の手段を選ばせないコロンボの論理的説得力がある。

さて、私の「頭にこびり付いて離れない」疑問について話を戻すと、その疑問とは、次のような「矛盾」である。

「仮に『神』が宇宙万物の存在の根拠・基底であるならば、いかなる個別性ももつことはなく、従って個別的存在である人間とは没交渉、絶対的質的隔絶の関係にある。それにもかかわらず、地球という宇宙では粟粒ほどもない天体のこれまた無にも等しい個々人に介入し、あるいは、人間として生まれ、真理を説き、宗教を生み出し、時空に支配された歴史の一点に足跡を残しているということだ。これは絶対的矛盾である」

近現代の科学者（哲学者）、スピノザ、アインシュタインなどにとって、「神」はあくまで宇宙存在の根拠（汎神論またはこれに分類される理論）として考えられていたのであり、ニュートンにとっては、彼自身の発見した数多くの定理・公理・法則そのものが「神」の属性の一部なのであって、数学、物理学の諸法則を知ることが神を知ることにも通じると考えられていた。

それにもかかわらず、神は個別的存在として人間の前に降臨する。地上に現れれば、自ら造り出した宇宙法則にしたがい一人の個別的存在として生きることを余儀なくされる。人々と言葉によりコミュニケーションをとる「神的存在」とは、何者であるのか。「神」が宇宙万物の存在の基底であるならば、それは何であるかと考えることすら不可能である。何らの取っかかりもなく、呆然とするコロンボ警部と同じ状況に立たされることになる。しかし、コロンボには持って生まれた「直感力」があるが、私には与えられていない。

これが、私の「頭にこびり付いて離れない」疑問であり、今まで残り続けた理由である。しかし、私には学生時代から「神」と称される存在について、「宇宙万物の存在の基底たる神そのもの」と同時に、宇宙、人間などと同様の「被造物としての神」を措定することによりこの疑問は氷解するという考えがあった。問題は、この「被造物としての神」が被造物として位置づけられる存在なのか、「存在の基底たる神」の一様態であるのか、また、この「被造物としての神」の本質・属性、人間に対する超越性とはどのようなものなのかということであった。

この「頭にこびり付いて離れない」疑問について自分が納得できるような説明を得られ

ることが、再度の措置入院にいたった原因解明にも結びつくのではないかという僅かな希望にも繋《つな》がったことから、あえてこの「三十年も頭にこびり付いた疑問」を考察することとなった次第である。

だが、この問題を取り上げることはこれをもって最後にしたい。私が、その答えに長年の痞《つか》えが取れてスッキリしたにしても、そうでなかったにしても。

神、造物主、一者、上帝、天帝、造られずして造る自然、ゴッド、ゴット、ロゴス、デミウルゴス……。日本語として知られている「神」の呼び名のほか、他の言語を含めると、その名称の数は想像以上に多い。また、宗教、哲学、文化等の違いから、名称の数に匹敵するほどその意味する概念も大きく、または微妙に異なる。

ここでは、便宜的に「神」という名称に統一し、考察をすすめたい。

それ自体「逆説」である「神」については、我々人間のもつ一切の概念は適用できず、説明しようとすること自体、「矛盾」を生み出す。しかし、それにもかかわらず「神は、宇宙、万物一切の存在の基底である」という命題は成り立つ。それは、「神の無限性」という属性（本質）または「無限なるものが神である」という定義づけから必然的に導き出される命題（論理的判断を言葉で表したもの）だからである。

というのも、古代から中世、近現代哲学・神学に至るまで、「神」の第一属性はその「無限性」にあると考えられ、定義づけられてきたからである。「無限性」について人間は概念としては持ち得るが、「事実としての無限性」を認識したことがない。たとえば、大型コンピュータで円周率の計算をさせ、「おそらく無限に計算し続けるであろう」と推測するが、真の無限そのものを体験し、認識したことはない。

人間は、「無限そのもの」「美そのもの」「善そのもの」などを現世で経験的に知り得ないにもかかわらず、これらを概念として持っていると主張するイデア論的な考え方がある。これは、「美そのもの」「善そのもの」などは「単なる言葉」、人間が造り出した抽象概念にすぎないという反論があり得るが、一方、永久に割り切れない円周率など、理論的に「無限であるもの」が少なからず存在する。

当然と考えられてきた神の「無限性」とはいかなるものなのか、ハッキリと明晰判明に定義づけられたものはないが、この狭い世界においてさえ、前述のとおり、「無限」は存在する。その「無限」と、この世界のどこにでも在る「有限」とを一切すべて包含したものが「無限なるもの」であり、「神」なのであろうか。「神とは無限なるもの」「神の属性は無限性にある」というよりも、「無限なるものこそ〈神〉である」という定義づけから、神についての考察は出発したのではなかろうか。

「無限なるもの」とは、世界・宇宙あるいはそれを超える領域を含めたすべてにおいて遍在・遍満する者であり、これが一神教における「神」なのである。「一部分、一部の領域を除いて無限なる者」、たとえば、地球を除くすべての宇宙において遍満する者という概念は成り立たない。一部でも除かれた無限者とは、それ自体矛盾であり、有限者のカテゴリーに分類されるものである。キリスト教を筆頭に、一神教における「神」の属性は「無限性」にあり、したがって、数的には「一」である。「一者」と呼ばれる所以《ゆえん》である。

さて、「二種類の神」という仮説のうち、「一つ目の神」は、ビッグバン理論が正しいと仮定し、その爆発を起こす以前から存在する永遠に未知なる存在である。「一つ目の神」は、ハッブルの法則通り光速を超える速度で膨張しつつある宇宙（及び時空を構成する宇宙以外の一切を含む全宇宙）をも包含する、人間の一切の概念を超えた、永久に未知なる存在である。

その「一つ目の神」の存在・非存在は、はるか未来の高度に発達した科学においても証明不可能であろう。想像だにできない極限まで発達した科学をもってしても、その存在・非存在は証明不可能である。なぜなら、「一つ目の神」は物質宇宙、これを超える宇宙、万物一切の存在の「基底」であるからである。宇宙一切の存在の根拠、存在を存在せしめる根本の根本たる存在の基底は、いかなる手段によっても解析または証明不可能である。

解析・証明しようとする者の存在の基底そのものだからである。

さて、「一つ目の神」が（少なく見積もって）時空宇宙のみの基底であるとした場合、その宇宙の広がり、広さとはどの程度のものなのか。どのような形状をしているのか。いうまでもなく、宇宙において最も安定した形状は球体である。ビッグバン理論により一点から広がった宇宙空間は、三六〇度ほぼ同様な広がりをみせたはずである。

この宇宙球状説は、ダ・ヴィンチ、ニュートンと並び称される天才数学者アンリ・ポアンカレによって提出された予想、いわゆる「ポアンカレ予想」（単連結な三次元閉多様体は三次元球面Sの三乗に同相である）が、ロシア人数学者ペレルマンにより、二〇〇二年から二〇〇三年にかけて複数の論文により証明されたことからも裏付けられる。

「ポアンカレ予想」は、この宇宙を外から観測することなく、球状をしているか否かを証明する課題であって、この一〇〇年間、多くの数学者を苦しめ、翻弄してきた問題である。この研究によって、数学界で最高とされる権威あるフィールズ賞（四年に一度の表彰）を受賞した数学者もいる。

ロシア人のペレルマンは、この難題を、数学だけではなく得意の物理学を駆使して証明した。数学者たちは、ついにこの難題が解かれたことに落胆しながらも、プリンストン大学で開催されたペレルマンの証明の説明会に出席した。

そして、彼らはポアンカレ以降数学界の主流であったトポロジーではなく、伝統的な微積分数学と耳慣れない物理学用語によるペレルマンの説明を聞いた。しかし、一人としてその説明が理解できず、さらに落胆して帰宅させられた。ペレルマンの証明が正しいかどうか、論理の飛躍はないか。数学者たちは、物理学の本も手にしながら二年以上をかけ、彼の証明が正しいことを証明した。

いずれにしても、宇宙は、真球か否かは別として、球状であることが証明されたわけである。しかし、この歴史的な証明と引き換えにペレルマンの精神は破綻してしまったのではないかと懸念されている。彼は、生来明るく、ユーモアにあふれた性格であったが、証明後まるで別人のように、一種の隠遁者へと変貌してしまったからである。

宇宙そのものである「一つ目の神」が、何百億あるか知れない島宇宙の中のひとつにすぎないこの銀河系の、そのまた隅っこにある、塵のごとき太陽系の中の一惑星、その惑星の中に、一時的に、というより、瞬くほどの時間で存在する個々の人間と心を通わし、語りかけるということは、その属性・本質からして、あり得ないことである。

ましてや、宇宙そのものであるその存在が、一人のヒトとして生まれたり、民族を導いたり、個人的な悩みに答えたり、金持ちにさせたり……そんな存在では金輪際ありえない。

人間に個別的に関わり、あるいは語りかけ、またその個人の行く末について助言し、悩みを解消する、また、そうした存在を「神」と称し、世界に唯一なる神そのものとして信仰の対象としたり、ましてや教祖として祭り上げるなど、その非合理さに眩暈《めまい》がするほどである。

未だ人間の知能は発達の過程にあり、情感的要素はしばしば合理的知性を押し込めている。

「作業仮説」的方法で、明晰判明なる「証拠による証明」がない限り、「在る可能性が高い存在」をいとも簡単に「ない」と片付ける、いわゆる「科学者」と、彼らと同族の十把《じゅっぱ》一《ひと》からげの人々の単純な思考パターン・非論理性にも落胆させられる。

証明されない限り「ない」と言うのは、「科学的方法論」では全く正しいのである。それはそれでよいのであるが、今は旧来のアナログ的、哲学的方法論により「二種類の神」「二つの神の理論」について論考しているのである。かたくなに「科学的方法論」だけに固執していては何らの進展もあり得ない。存在の根底・基底に措定される宇宙そのものである「一つ目の神」についての証明は、永久に不可能である。宇宙一切の存在の根拠、存在を存在せしめる根本の根本たる存在の基底は、いかなる手段によっても証明不可能である。証明しようとする者の存在の基底そのもののだからである。

端《はな》から否定してしまうのではなく、せめて「不可知論」の立場くらいとってほしいと念願する。在る可能性はあるが証明できない存在は「在るかないか不可知のものである」というべきであり、何の根拠もなく「ない」などと断言して欲しくないものだ。不可知なものについては不可知というべきである。子供の理論ではないのだから、せめて正しい表現を使ってほしい。

「二つ目の神」は、宗教的経験を通して、個々の人間と関《かかわ》れる存在である。宇宙を包含し、人間のあらゆる認識を超越する「一つ目の神」と異なり、「個別性」を属性として持っている。この本質の違いは、質的相違、次元の相違である。

「一つ目の神」は物質宇宙をも包含し、また、「それ以前の状態」及び物質宇宙以上のもの、つまり「それ以後の状態」のすべてを内包する存在である。これに対して、「二つ目の神」とは、「一つ目の神」の中に内包された個別的存在として人間に関わりながら、同時に地上の人間を超えた存在である、といえる。「個別性」と「超越性」という、一見相反する「属性」をもつ存在である。

概念については注意深く扱われる必要があるが、この「超越性」が意味するところは、「一つ目の神」と「二つ目の神」では異なる。「一つ目の神」では、それは人間との「絶対的隔絶」を意味し、「二つ目の神」における「超越性」は、人間との「質的超越性」にとどまる。時空宇宙・これを超える宇宙・万物の基底そのものである「一つ目の神」の「超越性」は、「絶対的隔絶」というより、むしろ人間との「絶対的無連関」とも表現すべきであり、いかなる人間にとっても「見知らぬ神」である。「二つ目の神」が「超越性」と同時に「個別性」を属性としてもつことが、人間との関わりを可能とする。

こうした「神」についての考察や議論は、現代科学の諸概念で扱われる範疇《はんちゅう》の外にある。現代科学においては（及び将来の高度に発達し尽くした科学においても）、作業仮説を立て、証拠をもって証明するという方法である限り、その研究対象の埒外であるからである。

さて、これまで述べたとおり、この考察において科学的方法は不適当というより、考察の対象の埒外であることがわかった。人類がいつまで存続し、その科学がいかなる水準まで発達するのかは想像だにできないが、いずれにしても万物の基底たる「一つ目の神」は未来永劫、科学の対象とはなりえない。「二つ目の神」についても同じことである。この「二つ目の神」と「一つ目の神」との関連、発生過程、属性、構成要素などのすべてが、根拠をもって証明されなければならないからである。

この考察については、その無限性において、絶対的隔絶をもって超越的である神と、それにもかかわらず個別的人間に、具体的な場所・時間において関わってくる（人間に啓示を与え、教え導く等）神という、「神」の概念をめぐっての矛盾に苦しみ、生涯を通してこの矛盾と向き合い、考察した哲学者（神学者）の見解・結論を取りあげたいと思う。いや、そうしたいというより、（今のところ、及び未来永劫）それ以外に方法はないのであるから。

ここでは、神と世界の絶対的隔絶から出発し、その絶対的隔絶の関係（事実上全く無関係）にある「一つ目の神」を前提として措定しつつ、なおかつ同時に個別的存在として人間に関わり得る「二つ目の神」について考察した「フィロンの媒介者論」と「プロティノスのヌース等流出論」について取りあげたい。

フィロンと名のつく哲学者は紀元前三世紀から紀元一世紀にかけて四人いるが、ここでは紀元一世紀のユダヤ人哲学者、アレクサンドリアのフィロンを指す。フィロンは、ギリシャ哲学、とりわけプラトンの影響を受けた。なかでも、プラトンの後期の著作「ティマイオス」（副題「自然について」）に大きな影響を受けている。「ティマイオス」は、いわば「存在論」についての著作であり、プラトンは世界の組成要素を四元素から成り立つと考えた。

また、世界の創造について論究し、万物・知識の究極的原型であるイデアを模倣しながら現実世界（物質世界）をつくる存在として、創造者（デミウルゴス）と名づけた。つまり、この現実世界は、創造者デミウルゴスが創造したイデアの似姿（エイコーン）であるとする。

フィロンはまた、ギリシャ哲学に由来する「イデア」と「ロゴス」の概念をユダヤ教思想の解釈、理解に初めて取り入れた哲学者でもある。とりわけ「ロゴス」の概念は、フィロンの思想・哲学の根幹的な概念となる。フィロンはプラトンをギリシャのモーゼと呼び、旧約聖書、ユダヤ教の中のモーゼがプラトン哲学に影響を与えているのではないかと考えていた。

すなわち、イエスが天地創造に先立って存在したという「先在のイエス」という考え方と結びつき、フィロンは、イエスが「ロゴス」であるという思想に到達した。こうしたフィロンの著作は、初期キリスト教の教父たちの思想に大きな影響を与え、キリスト教思想、教義、神学、哲学の源泉の一つとなったのである。

さて、哲学・神学史上、「神と世界の隔絶」という思想はフィロンによって初めて唱えられた。また、そこから、神と人間との「媒介者」という概念が登場した。（新プラトン主義への準備期に生きた）フィロンは、まず第一にユダヤ教徒なのであって、ヘブライ人の啓示聖典の上に立っている。彼は、その教義をギリシャ哲学の精神をもって解釈する。

しかし、フィロンの信仰心は篤く、強力なものであり続け、ギリシャ的、否、ヘレニズム的な歪曲を受けることはなかった。その事実は、彼の神についての概念の中に見いだせる。フィロンの「神」は、古代ギリシャ人たちの哲学的意味での神の概念をもはるかに超越している。フィロンの「神」は、「絶対的に超越的な他者」、ギリシャ人の徳目の一つである「善」よりも絶対的な善であり、「完全」よりもさらに完全であった。

しかし、ユダヤ教徒である彼にとって、神はあくまでも人格的な存在でもあった。フィロンの「神」は、「絶対的に超越的な他者」であり、同時に人格的な存在でもある。このことは大きな矛盾であった。

フィロンの「神」は、第一義的には徹底的に超越的な存在であって、ギリシャ人たちの神々(彼らにとって親しく馴染み深く、その気さえあれば、いつでも談笑の相手になって人間たちとうち解ける)のように、個別的、いうなれば内在的な神ではなかった。フィロンにとって、神と世界の絶対的隔絶は、きわめて厳格に保持されなければならなかったのであり、神と世界・人間とは質的に隔絶された関係にある。世界・人間と神とは絶対的に隔絶され、言い換えれば、人間と神とは相互に「無関係」の関係にあるともいえる。

ここで、これに関連して、フィロンにとってのいわゆる「ロゴス」とは何かをより厳密に知る必要がある。フィロンにとってロゴスとは、諸イデアのイデアであり、絶対的な超越者である「神とこの世界とを橋渡しする媒介者」であった。人間は、この媒介者である「ロゴス」を通してでなければ超越的・隔絶的な神と関わるすべがないのである。

このフィロンにおける媒介者の思想こそ、彼に続く新プラトン哲学全体のモチーフとなった。また、同時に後代のキリスト教神学における基本的モチーフともなった。中世の神学は「否定神学」として神を世界から完全に分離させ、しかも神について積極的に言表しなければならなかった。このため、神の超越性と内在性の中道を打ち出さなければならなかったのである。

神が、隔絶した存在として、我々人間が全く見知らぬ絶対他者であるならば、神と人間とは、相互に何らの接点ももたない無関与状態とならざるを得ない。このような、神と人間との完膚無きまでの無接点という状況が続く限りにおいて、そもそも我々人間が神について語ること、否、神の存在の如何を議論すること、そのこと自体が無意味になるのである。

それ故にこそ、中世の神学は、フィロンでいうところのロゴス（ヨハネによって、パウロの先在のキリストに対して与えられている「ロゴス」という名はフィロンからとられている）を媒介者として措定せざるを得なかったのである。

さて、フィロンにとっての「ロゴス」とは、諸イデアのイデア、諸力の力、最高の天使、神の代理者にして使者、神の長子、「第二の神」、神の英知にして知性であり、彼によって世界は創造され、そして彼は万物を生かす世界霊魂なのである。

フィロンにとっての「神」とは、徹底して超絶的な存在であり、この神と世界との間には如何ともしがたい裂け目、断絶が横たわっていた。人間は「神」を捕捉していくことも、問題とすることすらもできない。神は、あくまでも隠れたる神、超越的、隔絶的な存在であり続ける。

だが、ここに「ロゴス」と称される「第二の神」らしきものが登場してくることになる。人間と超絶的な「見知らぬ神」との間を媒介する神的存在が現れてきたのである。フィロンによって定立された「第二の神」(ロゴス)は、超越神と人間の媒介者にして同時に世界の創造者であり、万物を生かす世界霊魂なのである。

それであるならば、フィロンにとって、この「第二の神」こそが(真の神、超絶的な神宇宙、万物一切の存在の「基底」である「一つ目の神」ではなく)世界における「事実上の神」であるということができる。世界における「事実上の神」とは、信仰の対象となる神、個別的人間と関係し得る神のことである。

私は、ここでフィロンについて次のことを確認しておきたい。

・フィロンは、ユダヤ教徒として確固たる信仰心の持ち主であって、ギリシャ哲学、とりわけプラトン哲学の影響を受け、ユダヤ教の教義をギリシャ哲学により解釈したが、彼の神についての概念は、ギリシャ的、ヘレニズム的な歪曲を受けることはなかったこと
・フィロンは、それゆえに「神と世界との絶対的隔絶」という思想を世に送り出したこと
・また、その神と世界との絶対的隔絶という前提から、フィロンは、ユダヤ教徒としてこの両者を橋渡しする媒介者「ロゴス」を措定したこと

我々は、プロティノスにおいて、フィロンにおける半ば混乱したかたちでの「第二の神」が、より体系化された形での姿と理論をまとって登場するのを見る。プロティノスは、フィロン同様、プラトンから大きな影響を受けていた。したがって、イデア論を継承していたが、イデア界と現実世界という二元論を克服することがプロティノスの課題であった。プロティノスは、プラトンの対話篇「パルメニデス」に注目した。彼が感心をもったのは、この著作でプラトンが説いた「一なるもの、一者（ト・ヘン）〔to hen〕」についてである。この「一者」という概念は、対話篇の題名にもなった哲学者パルメニデスの思想に基づいている。

パルメニデスは、若き日のソクラテスが会った時、すでに七〇歳近い老人であったとい

うが、パルメニデスの思想の根幹を成す第一命題は、「有るものはある。ないものはない」である。この「有るもののみあり、ないものはない」から導き出され、その後の（形而上）哲学の中心概念としての役割を果たす「実体」という考え方・概念は、後に名づけられたものであるが、パルメニデスにその起源をもつ。

実体とは、不生不滅、不増不減、不変不動である。この実体の本質・属性は、パルメニデスの「有るものはある。ないものはない」という第一命題があってはじめて概念化できたものである。その意味で、パルメニデスが哲学史に残した功績は極めて大きい。

一方、現実世界には感覚を通して現れる移ろいやすい様々な現象・事象がある。しかし、その背後に、理性・知性によってのみとらえられる不変にして不生不滅、不増不減の存在がある。その立場から、ヘラクレイトスの万物流転の考え方を痛烈に批判している。パルメニデスは、その存在を認識し得る理性を、感覚に対して絶対優位に置いた。これが、後年の合理主義の萌芽となり、この点においてもパルメニデスの果たした役割は大きい。

ところで、奇異に感じられるかもしれないが、私は、これらの考え方の中に、「般若心経」に凝縮されるブッダの思想に極めて近いものを感じる。世界は無常であって、万物は生成・流転・消滅を繰り返す。確固とした内実がなく、「無常」なる現実世界が「在る」かのように広がる。これは、「色即是空《しきそくぜくう》」として、世界の一切は存在しないと語られる

(色(しき)とは色をもつもの、光子をはね返す質量・物質から転じて、世界の万物一切を意味する）。ヘラクレイトスの万物流転の考え方である。世界の「無常」が説かれる。

これに続いて、「般若心経」では、即座に「空即是色《くうそくぜしき》」として、世界は無であり、また無常であるが、それにもかかわらず同時に存在していると説かれる。世界には様々な現象・事象があり、生成・流転・消滅を繰り返すが、しかし、その背後には、不変にして不生不滅、不増不減の存在がある。すなわち、真実なる「実在」であり、これはパルメニデスの考え方である。

プラトンのイデア論は、パルメニデスの不変・不生不滅の考え方とヘラクレイトスの万物流転の考え方を調和させようとした試みであるともいわれている。プラトンにとって、どちらの考え方も正しく、人間の感性に重きを置くか、理性に重きを置くかの「あれかこれか」ではなく、現実世界と実体とを同時に捉えた場合には、両方の説が矛盾なく成り立つことを、「イデア論」というかたちで説明しようとしたのではないか。

さて、フィロンにおいて、「神」と世界との分離・隔絶は十分に主張されていたが、プロティノスにおいてはさらに磨きがかかり、「神」とは人間が考え得る如何なる「範疇《はんちゅう》」をも超え、世界との如何なる関わりももたない全き超越的・超絶的存在となった。このため、「神と世界との媒介者」はフィロンのロゴス以上に強力な存在が要請されなければならなかった。プロティノスは、ロゴス以上に強力な存在（媒介者）を、彼のいわゆる「流出」の概念によって生じせしめたのである。

プロティノスの「流出」または「発出」の過程は、三つの実体（存在形態）として表される。「一者」「精神」「霊魂」である。「一者」とは、前述のとおり全き超越的・超絶的な唯一なる「神」、万物一切の存在の「基底」である「一つ目の神」のことである。不変にして不生不滅、不増不減である、後世の哲学でいうところの「実体」である。

「精神」とは、「流出」によりこの「一者」から直接的に放出された存在であって、「霊魂」とは、同様に放出された「精神」とこの世界との中間的存在である。

「一者」とは、その名の通り、宇宙及び万物一切を包括する無限者である。無限者であるからして、唯一無二なる「一者」であり得る。世界の存在の基底にして、世界との絶対的隔絶者である。プロティノスは、フィロンにおけるロゴスと同様、媒介者を措定した。その媒介者こそ「精神（ヌース）」及び「霊魂」である。

プロティノスの「精神」とは、我々人間における精神とは異なり、それは神の子と称せられ、原一者の摸像であり、それでもって「原一者が自らを直感し、自らを他者として措定するところのまなざし」であるとされる。「原一者は」、必然的な「流出」「発出」によって「精神（ヌース）」を生み出すが、この「精神」が世界の精神的足場を形づくるものとなる。

「精神（ヌース）」は、一者からその本質的必然性により流出するが、一者は有限の存在である万物とは別の存在で、一者自身は流出によって何ら変化・増減することはない。パルメニデスによる、実体は不変・不生不滅であるという考え方である。

この「精神（ヌース）」こそ、フィロンが「ロゴス」と名付けた媒介者である。「一者（隔絶的な神）」から発した「精神（ヌース）」を通して、「一者」は世界を発生させる。この精神（ヌース）なくして世界は生まれないのである。

プロティノスにせよフィロンにせよ、その主張は次のように集約される。

・唯一なる神が存在するが、この神は絶対的に超越的・隔絶的であり、あらゆる認識論的カテゴリーを拒否し、まさしく実体そのものであって、世界のあらゆる被造物とは質的に隔絶している。
・それにもかかわらず、この超絶的存在、何らの具体的・個別的要素をもたない抽象そのものであるである神に対し、個々の人間が具体的な神を感得し、個々具体的・個別的な宗教経験を持ち得るのは何故か。これこそ古今のあらゆる神学者、哲学者を悩ませ続けてきた問題であるが、プロティノス等は、超越的・内在的な媒介者「第二の神」を措定した。

「一者」は、「一者」としてその内に何らの具体性を持ち得ないが故に、「一者」は必然的な「流出」・「発出」によって「他者」であり「多者」である「ロゴス」・「精神（ヌース）」を生み出し、この世界を創造させたのである。

また、同時に「霊魂」が流出により生まれ（フィロンでは「ロゴス」がこれに相当する）、これが個々具体的に人間に関わる存在、いわゆる信仰の対象たる「神」となった。

アナログ的な思考を論理的に駆使していけば、前述のように、神は、「神そのもの」として「数量」としては一である。この命題に何らかの意味があるのかと問われれば、人類にとっては意味を持たない数字であると答えざるを得ない。が、これはこれで何らの支障も問題もない。我々はそもそも科学的論究の対象とならないことについて考察したのであり、その結果が「一」であったというにすぎない。

この命題が価値を持ち得るのは、第二命題を導くために必要だからである。

「一なる『神そのもの』から必然的に『流出・発出』した『精神（ヌース）』が世界を造り出す足場となり、また『精神（ヌース）』とこの世界との中間的存在である複数にして個別的な『霊魂』が、人間にとっての『信仰の神』となった」「神そのもの」については、人類が滅びる直前の高度に発達した科学をもってしても解けない問題であって、永久に謎であり続けるであろう。あるいは量子力学、理論物理学の分野で、神そのものの一部である宇宙の構造、構成の一端が解明されるかもしれない。だが、その全体である神そのものを解明することは不可能である。

他方、人間と関係を持ち得る、個別的存在としての神、信仰の対象となる神については、それが個別的であるが故に解明されるかもしれない。それは個別的存在であるが故に人間の精神と同様な質をもち、人間との違いは「次元」または「量的（あらゆる意味において）」なものかもしれない。

「原因は結果以上のものを含む」という原則から推測するに、現発達段階で人間は「精神」を持っているわけであるから、原因たる「神そのもの」は、少なくとも「精神」またはそれ以上の属性を持っている。その神そのものから発出した個別的な信仰の神「霊魂」は、人間以上の精神をもち、なおかつ神そのものには及ばない。要するに、神そのものの様態の一つなのである。これが「次元」または「量的」な違いである。

以上が、哲学の分野でアナログな思考を行った結論である。

もちろん、存在論には、ライプニッツの『単子論（モナドロジー）』も、ヘーゲルの『精神現象学』も、ヘーゲルが「ドイツ最初の哲学者」と呼び、その思想の原形ともなったとされるベーメの神秘思想もある。

単子・モナドは、周知のごとく、これ以上分割できない究極の個体であり、また、いわゆる「窓を持たない」ため、他のモナドとの関係は外的な「相互関係」によるものではなく、神が世界を創造した時点で予定した調和「予定調和」であるとしている。つまり、存在の構成要素・根拠に言及しているだけであり、創造主である神については論究していない。であるから、神についての考察である本著では埒外である。

ヘーゲルの思想は「弁証法」という概念と相即不離に語られ、世界の展開が「弁証法的運動・原理」により説かれていると考えられている。大仕掛けな仕組みの説明としてはそのように理解されているのであろう。だが、私が読んだ限りにおいて、ヘーゲル自身が個々具体的な思考に関してギリシャ哲学に由来するこの考え方を当てはめているようではあるが、その哲学大系において一般化・抽象化して使用していたとは思えない。

だから、ヘーゲルの思想・哲学大系を「弁証法」などと概念化したのは、ヘーゲル以外の誰かであろう。

「弁証法」（ディアレクティケー〈弁証法：dialectic、対話：dialogue の語源〉）は、基本的にソクラテスが用いた対話法である。ある考え方（命題）が内包する矛盾に対し、ソクラテスが適切な疑問を投げかけることにより、相手はその矛盾を解消しようと思考し、正しい命題を生み出す。しかし、正しいと見られた命題を精査するに、その命題自体にも内在的な矛盾が見いだせる。それに対し再び疑問を提示する。このような繰り返しにより、真理に近づこうとする考察方法、教育方法が弁証法である。

この方法論には、ソクラテス固有のイデア界と想起説という前提がある。イデア界で神とともにあり、本性において全知となった人間がこの世に出生するや、すべてを忘れ、認識において白紙の状態となる。その人間に質問を投げかけ、考えさせ、思い出させること、想起させることが弁証法である。それは、相手に思い出すための手助けをすることであって、産婆術（マイエウティケー）と呼ばれる所以である。

ドイツ観念論の完成者と称されるヘーゲルの思想・哲学大系について私があれこれ言う立場にはないが、「弁証法」という名称で呼ばれることとなったのは甚だ迷惑な話である。ヘーゲルの思想が正しいと仮定すれば、それは「観念論」の範疇においてであり、現象世界の話ではない。現象は結果であり、結果としての現象が発展していくその背後にある本質のカラクリが如何にあるかの消息の問題である。

確かに、一九七六年に発行された『反対称――右と左の弁証法』（ロジェ・カイヨワ著、塚崎幹夫訳、新思索社）で、「シオマネキ」の左右のハサミの大きさの違いを代表的な例にとり、自然界における進化の仕組みの仮説が語られたことには一理あると思われた。

しかし、弁証法はソクラテスに代表される対話法なのであり、一歩譲ってヘーゲルの思想まで含めるにしても、これをひっくり返して現象世界の発展原理としたフォイエルバッハの思考転換はなんとしても合点がいかない。

いや、この辺でやめておこう。唯物弁証法どころか史的弁証法にまで話が及びそうだから。いずれにしても、「弁証法」という概念があまりに多くの意味で使われ、使う者によって（例えばキルケゴールのように）意味が異なるという無用な混乱が引き起こされたことは甚だ迷惑な話だ。

ところで、ヘーゲルの思想体系の根源には、ベーメがいわば直覚知により知り得た、神の「欲望」（無あるいは無底であり続けたいという意志）と、「流動性」（外に向かって展開しようとする意志）という、相対立する力の働き合いの内に絶対者が自己を実現してゆくという考え方がある。ベーメが、聖書の創世記に登場する「光あれ」以前の状態、世界が創造される以前、無底として無であり、なおかつ「無底」であった「神以前の存在とも言うべきもの」が、「無」の状態から自らを映す鏡として「神」を創造した。また、人間と神との媒介者たる天使が次に創造され、最後にアダム（第一アダム＝人類の祖）がつくり出された。このような考え方は、概念こそ異なれ、トランスヒマラヤ密教に源流をもつセオソフィア（神智学）が語る創世論と酷似している。

ちなみに、ベーメの「無底の状態から自己自身を見るために創造した神（神自身はそのままでは自己を見ることができない）」という考え方は、プロティノスの「神そのものから流出した必然的な『精神（ヌース）』（それは神の子と称せられ、原一者の摸像である）は、それでもって原一者が自らを直感し、自らを他者として措定するところのまなざしである」という考え方と非常に近いものがある。

また、ベーメにおいて「人間と神との媒介者たる天使」と表現された存在は、プロティノスにおいて「精神」とともに流出した「霊魂」（フィロンでは「ロゴス」）に相当するものと思われる。

神智学では、創世の一瞬のプロセスが具体的に（例えば螺旋状の図として）図式化までされている。ここでは多くを語らないが、両者ともに、いわゆる宇宙の記録である「アカシック・レコード」を、一方はゲルリッツで靴屋を営んでいた平凡な人間が偶然に、他方は修行の極致において覚者が解読した結果（何人かの解読結果の共通点が主としてイギリス人たちによって抜き出され、体系化され、神智学となった）であるとしか考えられないものである。

さて、論究して挙げだしたらきりがないほどの多くの思想・理論がある。それらをミックスして、多岐にわたる要素を含んだ論考を行えば、この拙い考察に対する批判も減少するであろう。

ここで、フィロンとプロティノスを中心に論じたのは、彼らの思想がそれ以後の哲学、神学の基礎となっているからである。この思想を基に展開された後世の哲学、神学は、程度の差こそあれ結局はフィロンとプロティノスの基本理論の焼き直しに過ぎないように思われる。そのうえ、概念的に複雑化され、なおかつ煮え切れていない。しかも、ユニークでこそあれ、難解さを免《まぬが》れないし、本来の道筋から逸れつつある場合が少なくない。

フィロンとプロティノスの思想は、後世の哲学、神学の基盤であるがゆえに、シンプルで、核心をわかりやすく突いているように思われる。基本的な思想の亜流、あるいは発展形をいくら論じたところで、原点・源流に遡らずを得ず、結局、大本の理論を探求して論考するのが扱っている分野からして最適かと思われる。これが、フィロンとプロティノスの思想を基にアナログに論究した理由である。

ご不満も大いにあろうが、どの道、確固たる結論には至らないのである。仮に正しい論究であったとしても、それを立証する手だてなど全くないのである。

ここで一つ疑問に思うのであるが、人間が「神そのもの」及び「神」について分析し、論究し、何らかの結論を得たとして、果たしてそのことに意味があるのだろうか。神について論究を持ち出した私が言うのも筋違いではあろうが、実のところは、ウイリアム・ジェイムズの実用主義ではないが、何の得にもならないであろう。

人類はすでに精神を獲得し、知性や理性を与えられている。つまり、自力で未来を切り拓くための能力を授けられている。神を解剖しても、人間の「胸腺」の新たな働きが解明できるわけではない。「神そのもの」を論究しても、論究している人間そのものの「基底」であり、そもそも両者には絶対的な隔絶があり、また両者の関係は、関係を持ち得ない「無関係」という関係で成り立っている。

私たち人類にとって、もちろん、神学や宗教学などを除くことは当然であるが、「神そのもの」について考えるという、永久に結論には至らない、また、本来考察の対象とはなり得ないことを考えるということは、大きな勘違いなのであり、根本的に筋違いなのであろう。我々の持ちうるあらゆる概念を超えて存在する、あるいは存在しない何者かについて解明しようという、人間がもつ衝動、動機の根本にあるのは、脳特有の「癖」であり、ある意味「暴走」である。

人間の脳は、考える必要のないものまで考えたがる。その中には有用なものもあろうが、多くは無用なもの、または悩みや不安のたぐいである。的はずれな方向に頭脳を駆使するのは賢いこととは言い難い。近代科学が登場するまでの思想（哲学）史は、存在の本質に迫ろうと多くの思想家たちがその人生のすべてを賭して観念的に、思弁的に、理論的に構築してきたものである。

それは、人間の思惟能力の極限で考察されたものであり、人類の思想史における成果として伝承されていくであろう。

だが、哲学における認識論は、脳科学、大脳生理学等という科学に取って代わられ、存在論は、量子力学、理論物理学等といった科学に取って代わられた。論理学は数学の分野の一つとなり、倫理学は、その状況、宗教的教義（元々西洋倫理学はキリスト教倫理学とも言い換えられる）の相違、慣習、社会の進展、複雑化する世界情勢の変化、価値観の相違などにより相対的なあり方を余儀なくされ、それ自体としては完結した学問とは言い難い状況となっている。

では、これまでに費やされてきた思想史は無駄であったのかといえば、そうではない。近代科学を生み出す根底となったのであり、何よりそのうちに、科学でははるか未来においても解明困難な真理を内包している可能性があるからである。しかし、現代社会の中で最先端の科学による恩恵なしには生きられない人類にとって、今を生きるのが精一杯なのであって、振り返って過去の思想史を考えること自体無駄であると考える人々は少なくない。複雑多様化する今を生きるのがやっとなのであって、その気持ち、考え方は当然というべきである。

実際、そんな無駄な埒《らち》のあかない問題に貴重な時間を費やしている暇などないのである。加速度的に変化する世界情勢に常に関心を向け、我が国が何をなすべきか。自分は何をなすべきか。どういう貢献ができるのか。隔絶された「神そのもの」から、日常茶飯・行住坐臥に目を移し、そうした現実的な問題こそが第一に考え、取り組むべき課題である。

どうしたら、暗くなりつつある世界を明るくできるのか。常に、アンテナを高く正しい方角に向け、適切な情報をリアルタイムに入手し、正しく分析し、目標と方法を設定し、実行していくことである。脳はこの一連の過程で駆使されるべきものである。するべきこと、考えるべきことは山ほどあるのだ。

この考察を始めようと言い出した当人が、このようなありきたりの内容で本章を締めくくるのは真に心苦しく、弁解のしようもないのであるが、その原因は、私の知恵の無さ、脳の癖にはまり切ったこと、思考能力が欠如していたことにある。

初めから結論は出ていたのであるが、「神そのもの」について考察したことは、脳特有の「癖」にはまり込んで、うっかり暴走させてしまったことによる。つまり、考える必要のないものまで考えてしまったわけである。

今後、このような無駄な行為に時間を費やさないように、「神そのもの」についての論議は、これをもって永遠に終わりとしよう。

第8章

いずれにしても日本人は……

日本人は、周囲、至るところに霊命《いのち》が宿る世界の内に産声を上げ誕生する。三歳を過ぎる頃から、言い知れぬ感覚、霊命の気配を感じ始める。それは、自我が目覚めるまで、子供にとっては怖れ、畏怖の感情を伴う感覚なのである。それが何であるのかは、ついぞわからない。

わからないが、それは確かに気配として感じられ、独りになったときなど、その何ものかに怖れの感情を覚える。たまたま日本で出生した外国の子供には、そのような感覚も感情も起こらない。日本人の集合無意識に根差すものなのか、ＤＮＡレベルでの消息なのかも判然しない。それは事実としてあるだけだ。

大人になると、日本人は自然に対し畏敬とともに言い知れぬ親しみを感じるようになる。自然の美しさを愛《め》で、虫の音に耳を澄ませ、座敷からも見られるようにと坪庭を造る。苔むした岩や地蔵、落ち葉に埋もれそうな筆跡も消えかけた句碑、雑木の中に見つけた山桜、鮮やかな紅《くれない》に染まった落葉樹の葉、秋風にそよぐ薄《すすき》の穂、暮れゆく空を渡る雁の群れ。いずれも日本人の心に深く訴えかけてくる。

よその国なら何と言うこともない古木も、この国ではしめ縄が巻かれ、おしんめいがはためく御神木となる。神主にお祓いされたその姿には、神命《いのち》以上の神的存在が宿っているとしか思えない。工事か何かで御神木を切った者が亡くなったり、不運な目に遭ったりといった話や噂《うわさ》は（真偽のほどはともかくも）何度聞かされたかわからない。

自然が造り出した山容や奇岩（グランドキャニオン、桂林など）は、他国では当然のことながら絶好の観光地となる。神聖な山と呼ばれることもある。このことは我が国においても同じである。他国との違いは、変わった山容や形で霊山となるのではなく、その山が醸しだす神命の強さが理由となる。形ではないのである。富士山を除けば、日本の霊山は、グランドキャニオンや桂林のような派手な山容や奇岩ではない。

イングリッシュガーデンなどは、人間が設計し、仕立て上げたアートである。フレンチガーデンも同様である。一方、普通なら見過ごしてしまいそうな道端に咲く一輪の花を愛でる国民は、日本人以外には考えられない。形や規模やデザインや奇抜さなどではなく、何気ない自然そのものに日本人は心引かれるのである。

日本人は、自然そのものの美しさに魅了されながら、また同時に無常さを感じる。日本固有の四季から生まれる自然の移ろいに、得も言われぬ無常さを感じる。はかなく散る桜を愛でながら、文字どおり世のはかなさを覚える。この「はかなさ」ばかりはどうにもならない。世の無常さばかりは如何ともしがたい。時は流れてゆくばかりである。何もかもが移り変わっていく。美しい一瞬を瞬時でも止めるわけにはいかない。神でさえ、時間ばかりは手が出せないとも言われている。

自然の移ろいは美しいが、「はかなさ」と表裏一体の哀しさがある。はかなさあっての美しさなのかも知れない。そのはかなき美しさを愛でる人間もまた、はかなき存在である。日本語特有の表現がある。「しようがない」「しかたない」。諦《あきら》めきれずに諦める無常さがある。

「黄昏《たそがれ》」は、その象徴なのかも知れない。日本人は沈み行く太陽に、時の移ろい、無常さを感じ、紅《くれない》に染まる夕空に言い表しようのない美しさを感じる。諦めきれずに諦める。

日本人は、黄昏に生まれ、黄昏に生き、黄昏に消える民族である。しかし、その根底には確固たる自然の霊命への信仰がある。ただ、それを意識しないだけなのだ。それは表現できず、理解できず、説明できない消息の彼方にある。

世界に例を見ないほどユニークにして、哀しくも美しく、表現・説明しがたい信仰。だから、他のどの信仰よりも日本人の心に深く根付いていながら、日本人をして無信仰者と言わしめるのである。日本人は、神命に囲まれた世界に生を受け、神命にあふれた世界に生き、そして神命そのものである自然の中に消えていく。これほど幸せな民族はいない。

そう私は考えている。

第9章

ここがロードスだ、ここで跳べ

私は、沖縄病を克服する方法として、アウシュビッツから無事生還した天才的心理学者である「フランクル」に関連して、前著において次のように語った。

今日、哲学の分野で「ロゴス」という概念が意味するところは、単なる世界の理でのみでなく、人格的で神的な意味でのロゴスをもさしている。フランクルが「ロゴスを覚醒する必要がある」という場合、「ロゴス」は、人間の内なる究極の本質、自然本性、老子でいうところの「道」などを意味していると考えられる。では、どうしたらロゴスを覚醒させることができるのか。

フランクルによれば、「人間の実存的本質は、『自己超越』にある」という。「自己超越」によりロゴスが覚醒するのである。

では、この「自己超越」とは何か。

「自己超越」とは、「自分を忘れること」、すなわち「無我の境地」であるとフランクルはいう。「忘我」「無我の境地」。「自分という意識を忘れ去ること、捨て去ること」——これが「自己超越」である。

この「自己超越」に関連して、多くの方が次のような事柄を連想されるであろう。

・只管打座《しかんたざ》、すなわちただ座る、無条件で座る、「無我の境地」そのことさえ考えない。（禅「曹洞宗」）

・「「過剰な意識」どころか『意識そのもの』をもつことが、すでに病気である」（ドストエフスキー）

・ただ、「道」に従って、自我を捨て、無為自然に生きる。（老子）

・無念無想の打ち込み（宮本武蔵）

・「あれか、これか。忘我の演説」（キルケゴール）

など、忘我、無我、無意識などを、現状の自己を超越するための方途とする考え方を取る立場は多い。

前著で、私はフランクルの「自己超越」の理論を引き、言及し、それは「自分を忘れること」「無我の境地」「忘我」「自分という意識を忘れ去ること、捨て去ること」であるとの結論を見た。この「自己超越」を拠って立つ基盤とし、そのうえで、自分に適した方法を実践し、沖縄病を克服しようとしたのである。

　その考え方、方法は正しかったと確信している。問題は、完全に「自己超越」し、「忘我」「無我の境地」に達していたかどうかということである。


　私は、自分の選択した方法で沖縄の海を描き取り、自分のものとし、沖縄病を克服する克明な計画を立てた。写真でも、水彩でも、アクリルでも、一般的な油彩画法でも再現困難な沖縄の美《ちゅ》ら海。千変万化する色彩、ブルーとグリーンとパープルの色彩名称を、一挙に数百種類は増やせそうな多彩な色。信じがたいほどの海の透明度。

　降り注ぐ陽光を反射し、あるいは透過して、七色に分光させて輝かせる珊瑚礁独特の波。白化した珊瑚の残骸が、長い年月をかけ、波と風によって研磨され、風化し、パウダースノーのようになって美しく映える白亜の浜。砂浜と違って、押し寄せる波で透明度はいささかも落ちることはない。巻き上げられた珊瑚のパウダースノーは透明な波の中で白く、ベージュに、あるいはシルバーにきらきらと輝くだけで透明な海水とのハーモニーを造り出している。

　その色彩は、一日の時間の移ろいとともに刻々と変化して留まることがない。一瞬現れては消え去る色彩なのだ。また、空模様、つまり雲の位置、形、大きさ、射し込む陽光の強さ、角度、色などにより、思いも寄らない色彩を放つ。水平線の上に広がる空もまた、手前に広がる雲の厚さ、明度、形、色により、晴れ渡った天候では考えられない美しい青に変貌する。風景画は空（雲）によって良し悪しが決まるというのが私の持論だが、まさしく作品は空模様により決定的な影響を受ける。

だから、つまらない雲は画面上から消し、代わりにその画面に合った理想的な雲を描きあげる。だから、いつも雲を観察している。気圧配置、温度、湿度、風速、地形、高度などにより、発生する雲には一定のパターンがある。ポケットサイズのスケッチブックに特徴を描きとめる。近頃では、小型カメラや携帯で撮影したりもする。雲というものは、一つの白い塊《かたまり》が単純に浮かんでいるわけではない。相重なり合い、見た目以上に複雑な構造をもち、変形の経過も異なる。雲の数だけその明度も彩度も異なっている。

もしも雲を撮影しようとするならば、マニュアルで何度も露出を変えたり、色温度も計算する必要がある。オートならブラケティング機能を使い、しかも一度ではなく、設定を変えて何度も連続撮影すべきである。風景画を活かすも殺すも雲次第なのである。

どうしたら、沖縄の海と空とを最も美しく描けるのか。その中に自分の心を揺さぶられた感動を描ききることができるのか。そもそも、どのモチーフを選択することがベストなのか。沖縄の美ら海を、その美しさそのものに描こうとして、海だけを描いたのではその美しさを表現することはできない。海の手前にはパウダースノーのような白亜の浜があり、水平線の上にはもちろん空がある。入り江なら対岸を描くべきだし、離島ならではの魅力が加わるであろう。

沖縄の絵はがきを見ると、太陽が南中した時刻でも、空は水平線付近から上空までグラデーションなしに同じ明度、彩度で、しかも紫がかった深い青をしている。そのような写真を多く見かける。

しかし、これはあり得ないことだ。水平線付近の大気は厚く、程度の差はあれ、乱反射などで白っぽく見えるはずだ。上空に行くほど大気の層は薄く、乱反射が少なく、可視光線七色のうちの青が、くっきりと、しかも濃く現われる。それに、午前から昼にかけてであるから、色が紫側に偏ることは考えられない。実際、何度も何度も沖縄の空を観察したが、そのような空は見たことがない。

だから、亜熱帯の空らしく描きながらも、空の原則に従って描きあげようとした。

ところが、いざ取りかかるとなると、沖縄ならではの紺碧の空に、それと対《つい》を成すような紺碧の海といった単純な発想で……。そうだ、ここなのだ。私はさっきから理屈だけを並べている。絵を描くのに確かに理論・理屈はあるのだが、大切なのは感性だ。理屈以前の心だ。

それなのに、肝心の沖縄の風景に入り込む前に理屈をこねまくっている。美ら海をそのまま、あるいはそれ以上に美しく描くためには、まず、モチーフと構図ありき。実際の空は、湿度や空模様にもよるが、大気中を通る太陽光が一定の原則に影響され、現れること。「忘我」というなら、理論・理屈をこねる前に、沖縄そのものに入り込まなくてはならないだろう。あるいは、理屈を超えて私も沖縄もなく、沖縄そのものになって純粋な感性で描くべきであろう。

「忘我」「無我の境地」どころか、私は自分の理屈の世界にはまりきっている。心を無にして沖縄の中に入り込み、純粋そのものの感性で沖縄の海、自然を感じ、キャンバスに描ききる。これこそ目指すべきものであった。私は、フランクルの言う「自己超越」などとは程遠いところにいたのである。

無我、忘我どころではない。自我の塊と化していた。完璧とは程遠いにしても、自分が納得できる絵を描こうと、自我が先行し、頭を使い、理屈の虜《とりこ》になっていた。そして、その間中、私の沖縄への愛情は忘れ去られていた。自我と手前勝手な理屈にがんじがらめとなり、無我とは真逆の状態にあった。

取っかかりはよかったのだ。沖縄の海を描く方法をフランドル第一の技法に見つけ、周到に準備し、取りかかったのであった。下絵の段階からよい滑り出しであった。キャンバスに写し取り、描き始め、描き進むにつれ、言い知れぬ喜びを感じだした。思ったとおりに筆が運ぶと、満足感に包まれた。

だが、それは理論・理屈通りにことが運んだことに対する喜びだった。「無我の境地」で沖縄の中に入り込めたことへの喜びではなかった。そもそも、「忘我」の心境では「喜び」さえも感じないはずだ。

沖縄病克服失敗の原因は、心ごと沖縄そのものになれなかったことにあった。自我が目を光らせ、理論理屈をこね、心が入る余地を与えなかったのである。無我無我と、ただ頭の中で繰り返していたにすぎなかった。その実は自我そのものであったのだ。

沖縄そのもののなかで、無我となること。沖縄も自分もなく、無我となって沖縄と同化し、その内に自由に遊び、感じ、楽しみ、振り返ることなく、時間とともに在り、消え去る一瞬のうちに沖縄に生きること。沖縄そのものになろうとする自分自身を意識する自分さえ存在しない、いや、そのこと自体考えない。無我とは、彼我《ひが》の区別がないこと。自分とそれ以外の者との区別がないこと。

したがって、あなたにとって、他者である私が、今、沖縄のことについて、何ごとか言ったなどと、ありもしないことを考えないこと、すらも考えないこと、さえないこと、のはるかかなたの消息。

方法論が正しくとも、それ以上に「心構え」が重要なのである。仏つくって魂入れずである。理論・理屈は誰でもこねられる。その理論・理屈を踏まえつつ、いかにして「我」を消し、対象と一体となれるかこそ重要なのだ。対象そのものになりきり、その上で寝食を忘れて努力するところに「無我」があり、フランクルの言うところの「自己超越」があったのだ。

フランクルは、死と隣り合わせのアウシュビッツにおいてそのことを悟ったのである。自分に向かって迫り来る死の恐怖を超え、自分自身のことも全く忘れ、死にゆく人々に手を尽くして看病する。自分の死も人々の死もなく、その意識すらなく、人間の命を尊び、その灯を消さぬようにと、その一心のうちに生きる。我もなく、貴方もなく、彼もなく、それもない。それが「自己超越」であり、「無我」であったのだ。

私は、自分の計画に従い、用意周到に準備を重ね、キャンバスに向き合った時、その眼前には沖縄の海と空が広がり、西風《いりかじ》を頬に受け、ウチナータイムのゆっくりとした時間の流れに身をまかせ、我もなく、沖縄もなく、沖縄と一体化し、無我のうちに沖縄そのものにならなくてはならなかった。

ならば、すでに身に付いている技法で自然と手は動き、沖縄そのものの色彩をつくりあげ、無意識にキャンバスの上を筆が進んだであろう。我はなく、沖縄もなく、一体化した無我だけがあったであろうから。無我とは、何も考えないということではない。余計なことは考えず、雑念にとらわれず、一つのことに成り切っていることをいう。一心に集中している時、いわゆる無我夢中の時などは、無我の境地、状態なのだ。沖縄と一体化し、沖縄になりきっている時に雑念のわく余地はない。

ところが、日常茶飯の生活の中ではそうはいかない。後から後からわきあがる雑念のかたまりと化し、考える必要もない、あるいは考えても仕方のない余計なことばかり考える。禅堂の修行僧でさえそうなのだから、娑婆に暮らす凡人たちには無我の境地などはるか夢物語である。

だが、私達沖縄病末期病棟入院患者には絶対的な強みがある。一日中、一瞬も途切れることなく沖縄のことばかり考えている。頭の中は沖縄一色である。つまり、無我の境地の一歩手前なのである。これを逃す手はない。

問題は、沖縄そのものに成りきれるかどうかにかかっている。私の失敗例を見ていただければわかるであろう。パスツールの「研究室での平安」という言葉を思い出していただきたい。意義あることに没頭している人や価値あることに専念している人々には、雑念のわく余地がなく、余計なことを考えているヒマなどないということだ。

こうしてみると、沖縄を自分のものとし、みごとに沖縄病を克服するためには次の二点が欠くべからざる必須要素となることがわかった。

・注意深く練り上げた計画は、セカンドオピニオン、サードオピニオンと、多くの専門知識あるいは経験をもつ人々から精査してもらい、実施手順、実施期間、必要経費、ロケーション、達成効果などを基本設計から実施設計へと手落ちなく構築し、精密な工程表をつくり、無理なく実現可能な内容とすること。

・計画の遂行そのものに頭脳、行動を集中すること。あれこれ思い煩ってはいけない。悩んだところで何の進展もあり得ない。練り込まれた計画なのであるから、計画に沿って淡々とやるべし。そのうち、自分自身が計画そのものになっていることに気づくだろう。だが、自身にはその意識はないはずだ。突発的な事態にも臆せず、冷静に、あるいは自動的に的確に対処するだろう。自分は、無我夢中、忘我の状態であり、我に返った時には沖縄そのものになっているだろう。そして、沖縄病が完治していることに気がつくであろう。

すべてはこの二点に集約される。私を含め、あなたがこの二つの必須項目を完遂できれば、現代の難病と言われている「沖縄病」を克服でき、その末期病棟から無事帰還できるのである。それこそ私たちが夢見てきたことである。その夢が実際に叶うのである。くれぐれも私の犯した失敗を繰り返さないよう、私の体験を活かしていただきたい。沖縄病完治のための二項目。これはいずれも重要だが、特に二つめの「無我」「忘我」こそ大切である。大抵《たいてい》ここで躓《つまず》くのである。

しかし、難しいことではない。これは誰でも何回か体験していることであるから。子供の頃、まだ自我が目覚める前、私たちは無我夢中で遊んでいた。時間も、風も、寒さや暑さも忘れ、「無我」であった。

自我が目覚めたあとは、何かにつけて、ああでもないこうでもないと理屈をこね、考えすぎ、思い煩い、悩むようになった。それは、成長するためには必要なプロセスであったことはまちがいない。精神の成長には自我が不可欠なのだ。ただし、この自我という道具を適切に使用する必要がある。自我の用い方次第で高潔な精神を得られるのであるし、そのまた逆もある。

自我の用い方を誤るから、沖縄病末期症状ともなったのである。必要なのは無邪気さと、沖縄そのものになりたいという楽しい気持ちにそっくり身を委ねることである。子供の頃のように「無我夢中」になること、それだけである。

その時、あなたは二つのものを獲得するだろう。一つはもちろん「沖縄」である。もう一つは思いがけなくも手に入るものである。それは禅僧でさえなかなか獲得できない「無念無想」「無我」の境地、フランクルの言う「自己超越」なのである。

「自己超越」とは、フランクルによれば「人間の実存的本質」を手に入れることでもある。つまり、あなたが人生において獲得すべき目標である人間本来の姿を実現できることを意味している。あなたは、念願の「沖縄」とともに、人間にとって最も重要な目標、実存的本質を獲得できるのである。文字通り、「苦悩を貫き歓喜に至れ」（ベートーヴェン）の達成である。

私たちの苦悩は決して無駄ではなかったのである。さぁ、ここまで来たのだから、振り返る必要も、躊躇する必要もない。サイはもう振られた。軍馬にまたがり聖なるルビコン川を渡るのだ。あなたならできる。多くの先達が向こうで待っている。

私が、合図を出そう。合図とともに私とあなたは跳び出すのだ。さぁ、合図だ。

「ここがロードス（沖縄）だ、ここで跳べ」

あとがき

近代哲学の祖と称されるデカルトは、それ以前に正しい知識と見做されていたものの誤謬と不確かさに苦悩していた。彼は非常に苦労した結果、自分の哲学体系を、疑う余地のない真理の基礎の上に構築した。その第一歩となる命題を高らかに表現した。確かさへの確実な一歩である。

Je pense, donc je suis. 我想う、ゆえに我あり。私は考えている。ゆえに、私が何にせよ存在していることは確かである。彼は、これを当時の原則によらずに、ラテン語ではなく、母国語・フランス語で書いた。誰でもが読めるようにという意図である。

このことは、同じくラテン語で書かれ、司祭以外には読めない新約聖書を、ギムナジウムに入学したことのない、一般の人々にも分かるようにとドイツ語訳を行ったルターを思い起こさせる。デカルトの論理的な近代的方法論、また「明晰・判明」という概念そのものも多くの思想や科学、そして文学にまで大きな影響を与え、その功績は哲学史のカテゴリーをはるかに超え、燦然と輝いている。

しかし、不運にも、その第一歩となった第一命題は正しいものではなかった。

この第一命題は、友人の牧師が逆にラテン語に訳し、Cogito ergo sumとして、哲学史上でも最も有名な命題のひとつとなった。デカルトのコギトである。この第一命題は、論理学上、三段論法（前件肯定式）として正しいものではない。この論理式には、形式的にはまず「大前提」が省略されている。

三段論法の前件肯定式は、大前提「AならばBである」、前提「Aである」、結論「よって、Bである」となる。

デカルトの前件肯定式では、いきなり、前提から提示される。前提「私は考える」、結論「よって、存在している」。大前提を補足するなら、「私が考えるならば、私は存在している」である。以下、前提、「私は考える」、結論、「よって、私は存在している」となる。

しかし、この場合でもデカルトの演繹は、論理的に正しくない。なぜかといえば、この大前提の内容は、結論の内容よりもはるかに豊かであるからである。演繹においては、帰納法と違い結論の中にある事実的な内容のすべては、すでに前提の中に暗々裏に含まれている。帰納法では、結論は、前提の中に暗々裏にも存在していない情報を含むという特徴がある。

デカルトもこのことは重々承知しており、そのあと大前提を説明した。「私が考えるならば、私は存在している」という命題・大前提の根拠を「神の誠実さ」に求めた。誠実なる神は、我々が考えているということ、考えながら存在しているという状況を「まやかし」や夢まぼろしとはし給わないと論述した。しかし、これは「神が存在していること」、「神は誠実であること」が正しかったらの話である。そのためには神の存在とその誠実性について証明しなければならない。これは証明できないことであり、デカルトの論理は成り立たない。

このような論理学の初歩においても、デカルトのコギトは正しくないことを論証できる。かといって、デカルトが誤りであるとは言えない。デカルトの命題は正しいかもしれないし、おそらくは正しいと推定される。推定すると言わざるをえないのは、世界はあるがままに存在している、世界の存在・非存在について議論することさえ意味がないとする素朴的実在論者となるのを潔しとしないからである。

認識論、存在論の中には「唯我論」といった手ごわい思想も存在する。この世界は自己が創り出しているもので、自己の死と同時に消滅するという、古くからの思想である。我々にとっては、破天荒で取り留めようもない思想であるが、この考え方は我々が自己の存在の証明ができないのと同様に、我々もまた、この考え方が誤謬であるという論証ができないのである。

結局、我々がデカルトから得たものは、注意深く論証を積み重ね、非論理的な道に踏み込まないよう留意することを忘れてはならないということである。

デカルトでさえ、第一歩で躓いたのであるから。

☆引用参考文献

延命十句観音経霊験記　白隠慧鶴著　伊豆山格堂編著　春秋社
白隠禅師―健康法と逸話　直木公彦著　日本教文社
夜船閑話講話　大西良慶著　大法輪閣
夜船閑話―白隠禅による健康法　荒井荒雄著　大蔵出版
「アガペーとエロース」第1巻 キリスト教の愛の観念の研究　A・ニーグレン著　岸千年、大内弘助訳　新教出版社
Christianity and Culture（キリスト教と文化）by T. S. Eliot (Paperback - April 11, 1960)
キルケゴール著作集
ドストエフスキー全集　フョードル・ミハイロヴィチ・ドストエフスキー著　小沼文彦訳　筑摩書房
初期キリスト教の思想的軌跡　J・M・ロビンソン、H・ケスター著　加山久夫訳　新教出版社
義と憐れみ　ラインホールド・ニーバー著　梶原寿訳　新教出版社
真理の本質について（ハイデッガー選集十一）　マルティン・ハイデッガー著　木場深定訳　理想社
有についてのカントのテーゼ（ハイデッガー選集二〇）　マルティン・ハイデッガー著　辻村公一訳　理想社
西洋哲学史（Ⅰ古代、Ⅱ中世、Ⅲ近代、Ⅳ現代）　J・ヒルシュベルガー著　高橋憲一訳　理想社
西洋哲学史（Ⅰ古代哲学）　バートランド・ラッセル著　市井三郎訳　みすず書房
小哲学史　J・ヒルシュベルガー著　稲垣良典訳　ヘルデル書店
プラトン全集（四）　パルメニデス、ピレボス、プラトン著　田中美知太郎訳　岩波書店
プラトン全集（十二）　ティマイオス、クリティアス、プラトン著　種山恭子、田之頭靖彦訳　岩波書店
饗宴　プラトン著　久保勉訳　岩波文庫
パイドロス　プラトン著　藤沢令夫訳　岩波文庫
世界の名著（三五）ヘーゲル　G・W・フリードリヒ・ヘーゲル著　岩崎武雄編　中央公論社
人と思想・ヘーゲル　澤田章著　清水書院

ヘーゲル倫理学　W・H・ウォルシュ著　田中芳美訳　法律文化社
ヘーゲルからニーチェへI、II　カール・レーヴィット著　柴田治三郎訳　岩波現代叢書
反対称―右と左の弁証法　ロジェ・カイヨワ著　塚崎幹夫訳　新思索社
信仰・理性・文明　H・J・ラスキ著　中野好夫訳　岩波現代叢書
神と哲学　E・ジルソン著　三嶋唯義訳　K&K出版
実存哲学（ヤスパース選集一）　カール・ヤスパース著　鈴木三郎訳　理想社
スピノザ（ヤスパース選集二三）　カール・ヤスパース著　工藤喜作訳　理想社
エチカ（上、下）　ベネディクトゥス・デ・スピノザ著　畠中尚志訳　岩波文庫
神学政治論（上、下）　ベネディクトゥス・デ・スピノザ著　畠中尚志訳　岩波文庫
ユング心理学と仏教　河合隼雄著　岩波書店
ユング心理学へのいざない―内なる世界の旅　秋山さと子著　サイエンス社
フランクル著作集　「夜と霧」、「死と愛」、「神経症I」、「神経症II」　ヴィクトール・エミール・フランクル著　霜山徳爾訳　みすず書房
パンセ　ブレーズ・パスカル著　前田陽一、由木康訳　中公文庫
ルソー 透明と障害　J・スタロバンスキー著　山路昭訳　みすず書房
神　ハインリッヒ・オット著　沖野政弘訳　新教出版社
神智学　ルドルフ・シュタイナー著　高橋巖訳　ちくま学芸文庫
神智学大要（第一巻〜第五巻）　A・E・パウエル著　仲里誠桔訳　出帆新社
油彩画の技術　ド・ラングレ著　黒江光彦訳　美術出版社
「たそがれ清兵衛」（原作藤沢周平「祝い人助八」、「竹光始末《たけみつしまつ》」　監督・脚本　山田洋次　松竹映画）
Die Kritik Der Reinen Vernunft（純粋理性批判）：Immanuel Kant, J. Timmermann, H. Klemme
なお、Kritik を「批判」と単純に訳したことは、日本人に無用の混乱を招いた。カントは純粋理性を批判しているのではなく、「論じて」いるのである。「純粋理性論」と訳すべきである。
Sein und Zeit（存在と時間）：Martin Heidegger, Thomas Rentsch

著者略歴

田中秋陽子（たなか　あきひこ）

昭和30年（1955年）、山梨県甲府市に生まれる。

中学１年から、ド・ラングレの著書「油彩画の技術」を基に古典技法を学ぶ。画家ルーベンスに憧れ、宗教画家を目指して立教大学キリスト教学科に入学。そこで神学、哲学と出会い、終生の研究テーマを見いだす。以降、山梨県庁に入庁後も今日に至るまで油彩画と哲学を研究する。

沖縄旅行の際、その海の美しさに魅了され、油彩画の技法による沖縄の海そのものの再現を試行している。口絵は、その試行錯誤の一端を参考として載せたものである。

著書に、「沖縄病末期病棟の朝・不安神経症者の散歩」（東洋出版社）がある。

死ぬときは死ぬがよろしく候

初版一刷発行―二〇一一年三月一八日

著　者―田中秋陽子

発 行 者―韮澤潤一郎

発 行 所―株式会社たま出版

東京都新宿区四谷四－二八－二〇

電話〇三－五三六九－三〇五一

振替〇〇一三〇－五－九四八〇四

http://tamabook.com

印刷所―株式会社フクイン

ISBN978-4-8127-0319-9